愛上卡夫卡女孩

I have fallen in love with a "Kafka" girl.

Akimaro Mori

森晶麿

輕文學
Light Literature

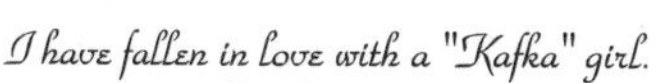

Contents

序曲

因為這樣，過去連閱讀習慣都沒有的我，突然目標要成為小說家。突如其來一句「因為這樣」，大家也不知道是哪樣吧？

按順序來說的話，時間要回溯到一個星期前。

五月一個晴朗的午後，我向架能風香告白了。我進入芙蘭橋畔的芙蘭高中已經一個月，這裡位於埼玉和東京交界的冷清邊界。這個時節，大家好不容易消除了在班上的緊張感，是公認告白最有效的時期。

不過，這次告白在我的計畫之外，因為我已經對跟女生交往有點膩了。

我從出生起就沒有喜歡上任何人。國中三年間，我終於發現這種男人交多少女朋友也只是徒增空虛。

然而——我卻向架能風香告白了。

理由很單純，因為我聽說有個女生在開學一個月內拒絕了十二個追她的男生，因此激起我的挑戰欲。

所以，我寫了封國中時代從沒寫過的情書。會選擇這種老派的方式，是因為架能風香是下課時間會一直看書的類型。配合對手選擇進攻方式是戰國時期就有的常識，然而這個戰略弄巧成拙。

「這是什麼？」架能風香用比平常還低八度的聲音問。

「不用害羞啦，就如同字面上看到的意思一樣。」

我脫下在高中班上的「天然呆」面具，回到和國中時期「殺手」稱號相符的調調。然而，架能風香面無表情地盯著我說：

「正因為跟字面上看到的意思一樣費解，我才會問你啊。這個通篇錯字、漏字的劣文是什麼啊？」

「劣文？」

「你連劣文是什麼都不曉得吧？就是指你這種無聊又充滿缺點的信。」

「呼……妳有把它當成信啊，我放心了。」

形勢越不利越要冷靜，這是我長年追女生得到的經驗。

「為什麼要對那種奇怪的事放心啊！噫！」

光是知道架能風香生氣時會發出「噫！」這種怪聲，寫情書就有價值了。我盡可能以優雅的笑容回應。

架能風香總是戴著安全帽，我從沒聽過個中原因。她一定是覺得火星會從宇宙砸下來吧。當然，我在情書裡有明白寫說包含這一點在內我都喜歡。

然而，她完全沒有注意我的創意和用心，說了下面這句話：

「你的信上有四十二個錯字、十四個漏字、三十六個文法錯誤，還有七十八個詞彙誤用。」

看來，雖然她只花五秒看我的信，卻能在這麼短暫的時間裡做出這樣的分析。

風香在我面前撕掉情書，一片片紙屑朝向頂樓護欄的另一端飄散在風中。永別了，我的錯字、漏字，請在各自的天地裡好好活下去。

我從來沒想過這世界上會有女生拒絕我。我，深海楓，從國中時期開始就深受所有女性喜愛，甚至太受歡迎到想暫時和女性這種生物保持距離，風香的拒絕對我而言簡直是人生初次遭遇的恥辱。

「請給我一個機會，一個當妳男朋友的機會。我什麼都願意做。」

風香怒視我後嘆了一口氣，補上一句話：

「那麼——請你成為卡夫卡吧。」

「卡夫卡？」

就算我平常只看漫畫，好歹還是知道法蘭茲・卡夫卡，他是《變形記》的作者。

不，是登場人物嗎？話說回來，《變形記》是什麼？好像是美式漫畫？對了，卡夫卡是美式漫畫裡的英雄名字。一定是這樣。也就是說，她的意思是要我成為一個英雄。

「我知道了，我就當給妳看。」

我笑容滿面地回答後，風香懷疑地看著我問：「你是認真的嗎？你今天的頭髮也睡亂得很誇張，是還沒睡醒嗎？」

風香指著我一頭睡亂得很誇張的頭髮。班上大部分高中才認識我的同學，都叫我「爆炸頭」。由於我們學校是偏差值頗高的私立高中，國中跟我同校的學生屈指可數，託此之福，大家還沒發現我過去的形象。

「那我就拭目以待囉。我體內只要一缺乏卡夫卡就會呼吸困難到要死了，是卡夫卡成癮喔。所以，如果想要我迷上你，就每天練習寫小說，盡早成為卡夫卡吧。你辦得到嗎，深海楓？」

「咦？小……小說？」

卡夫卡似乎不是浩克或蜘蛛人一類的美式漫畫英雄，看來只能回家查查 Google。

我內心邊思考邊回答：「當然辦得到囉。」

因為這樣——過去連閱讀習慣都沒有的我，突然瞞著大家，目標要成為小說家。

我對風香沒有一絲愛意，只是為了消除「被拒絕」的失敗，於是朝荒唐的目標划船邁

進。

這件事我也瞞著爸媽，根本不可能說。我國中時在作文上寫說要跟爸爸一樣成為銀行員，他們到現在還信以為真。所以，就算我平常只看漫畫，他們也睜一隻眼閉一隻眼。我答應到高三就會把漫畫收進抽屜，認真準備考試。一切的路線都是為了成為一名有為的銀行員。

我放棄了那條路線，改以小說家為目標，那也是每天災難的開始。

此時，我還不知道——

架能風香的呼吸再過不久就要停止了。

一名火伕的戀愛紀錄　其一

或許是因為我們家附近有火葬場的緣故，從某個時期開始，我，也就是K，變得異常喜歡俯瞰那些在火化爐前悲嘆不已的人。

一放假我便常去火葬場，隔著一段距離眺望身穿黑衣的人們。我甚至想過，如果可以，希望能以火葬場為職場，當一名火伕。雖然法蘭茲・卡夫卡有篇短篇小說《司爐》也譯作「火伕」，但跟那個火伕不同，在日本，火葬場裡負責控火的工作人員也叫火伕。我很明白《司爐》的主角卡爾對火伕心動的心情。

當棺材進入火化爐時，大部分死者家屬都會哽咽出聲，彷彿爐中燃燒的是自己，有時也有人會哭喊著倒在爐邊。

火孕育出絕望。

然而，在那之後又留下美麗的事物。從灰燼中撿骨時可以確認這件事。

他們一邊撿骨，一邊接受對方真的死了。

風香也是一樣。

某天我去火葬場偷看的時候，一名美少女躍入眼簾。我事後調查才知道，原來那天是那名少女——風香父母的葬禮。她的父母似乎是外出時，人行道旁施工中的建築物掉下鐵柱，將他們壓個正著而死的。

所以才會這樣吧？雖然是兩個人卻只有一副棺材。他們一定是把壓扁的屍體收在一副棺材裡。

風香很堅強，即使父母被壓扁，看起來也保持強韌的精神，沒有哭泣。不過，當棺材送入火化爐的那一刻，她身上起了變化。

風香哭喊著也想跳進火爐裡，一名看似她哥哥的人阻止了她。

火，有股不明的力量能動搖冷靜美少女的心。

當時我便決定——

我要成為她專屬的火伕。以火伕的身分持續動搖她的心，這便是我的使命。

總有一天我會得到她。因為只有火伕可以讓她失去冷靜。

第一話　她從橋上消失的理由

1

那一天，課堂上持續著無聊的課程，似乎只要從早到晚不停轉筆便能結束一天。真是謝天謝地，因為對臨時作家實習生來說，最重要的工作就是看書。

開始認真修習的這一個星期裡，我發現小說實在是很神奇的東西，明明只靠文字組成，但讀者會在腦內將其轉換成畫面。不過，又不是只要將四分五裂的單字排列，讀者就能自行組成畫面。字與字巧妙地連結成句子，句子與句子形成段落，段落再和段落連結成文章。然而，似乎不是只要順利連結就會變成一篇小說，其中一定有某種奧祕。

人類為什麼要看小說這種麻煩的東西呢？看漫畫這種眼前就有圖片，不用再去想像的東西不是比較輕鬆嗎？一開始我是這麼想，之後，當我多多少少習慣印刷字體後，腦海裡又浮現另一個疑問：明明看娛樂小說比較開心，為什麼風香偏偏喜歡卡夫

卡呢？這是我最大的煩惱。

卡夫卡大部分的小說都很難單純地說有趣。光是要習慣那種文體就是一項費力的工作，至少對我來說是這樣。

「喂，深海，念一下第二十三頁。」

就算老師突然點名我也不慌張。為了這種時刻，我故意瞇眼看書，看起來像閉著眼睛一樣。

我起身打開演技開關。

「好……好！老……老師早。」

班上響起笑聲。老師雖然要我注意，卻沒發現我在看小說的樣子。「好，坐下。」挨了老師一頓罵後，我坐回座位，悄悄將卡夫卡的短篇集收進抽屜。

一到下課時間，架能風香便來到我身邊。

「假天然呆。」她指著我睡亂的頭髮說：「那頭睡亂的頭髮也是假的吧？」

我沉默。我在學校以「天然呆的爆炸頭」形象示人。我已經受夠無謂地受歡迎這件事。

「你身上還真多謎團。雖然裝得一副天然呆的樣子，但除了睡亂的頭髮以外，言行舉止卻很精明，還在襯衫下襬擦了淡淡的香水，選的是不會讓人覺得不舒服的柑橘類香氣。也就是說，至少你不是班上同學想的那種人。」

「迷上我了嗎？」

「並沒有。噫！」

風香面無表情地說完，暫時拿下安全帽，整理完頭髮又再度戴上。她沒發現當她拿下安全帽的瞬間，全班的視線都集中在她身上。

我看大家的視線又再度散開後，觸碰風香的脖子。

「妳的淋巴腫起來了耶。」

「哦，你怎麼知道？」

風香疑惑地淡淡回應。我預估，只要若無其事地觸碰風香，她應該會像大部分女生一樣臉紅，表現出動搖的樣子，然而風香簡直不為所動。

「因為我一整天都在看妳，妳上課的時候會左右轉動脖子。因為妳一直戴著安全帽，脖子才會僵硬。」

我輕輕為風香按摩，她的表情柔和起來。不過，感覺那頂多是她很舒服地享受按摩，而不是對我有好感。頸部按摩大致結束後，她馬上撥開我的手。

「那頂安全帽是為了要表現妳的防衛堅固嗎？」

「防衛堅固？」

「翹腳或是手撐在臉上的人很難搭話。妳的安全帽感覺是為了更故意表現出妳的防備心。」

我一說完，風香便呵呵笑道：

「你的想法真有趣。不過很可惜，我不像你想那麼多，是更單純一點的生物。我戴安全帽只有一個理由，就是向法蘭茲・卡夫卡致敬。」

她用力伸出手指。

「我不懂，這是搞笑嗎？」

「為什麼致敬會變成搞笑？法蘭茲・卡夫卡曾經當過保險員，當時，他為了稍微減少工地的保險金支付，發明了工程安全帽。據說，這就是安全帽的由來。」

「喔……我完全不知道。」

「對吧？」

沒想到卡夫卡竟然跟安全帽的歷史有關。我本來就對卡夫卡不熟到會讓人說「怎麼可能？」的程度，現在才剛讀了他幾則短篇而已。

卡夫卡的文章還沒有滲透到我的體內。前幾天我讀了他的代表作《變形記》，原本期待這本書會像《寄生獸》一樣帶點恐怖色彩，結果卻是個很扭曲的故事。扭曲，簡直只能用扭曲來形容的敘事口吻。不論是對卡夫卡的文風還是故事，我現在都還沒有陷入到能了解風香敬愛他的理由。基本上，書中主角本身的行為就有很多費解之處。卡夫卡的主角會漸漸偏離正軌，輕易迷失原本的意義，彷彿置身在夢中場景一般。

然而，卡夫卡筆下的世界也不是單純的幻想小說，我隱隱約約知道，那個世界與現實似乎只有一線之隔。反過來說，那些有如卡夫卡小說中沒有出口的迷宮，或許會在現實世界裡朝我們張開大口。

例如，學校所有老師都是某個巨大怪物的手下，打算用名為「知識」的醬料將我們塞滿，好好料理後再將我們吃掉之類的。雖然聽起來很蠢，但只要我們無法從旁客觀地旁觀自身狀況，就無法判斷這個假設是真相還是胡說八道，就是這麼一回事。

我正在看的是一篇名為〈橋〉的短篇。但說是短篇也實在太短了。

主角是一座橋，某個人從它上方經過，當那人在橋中央雙腳跳躍的剎那，橋回頭想看看那個人的真面目，那一瞬間，橋便四分五裂——就這樣。

簡直莫名其妙。如果這是長篇小說的結尾，我應該不會回頭再看第二遍，幸好這是一篇很短的故事，我覺得剛好適合用來學習卡夫卡的寫作風格，因此反覆看了好幾次。

「你應該從更有名的作品開始看的。」

「妳的位子離我那麼遠，卻知道我在看什麼嗎？」

風香坐在教室第一橫排靠走廊的位子，而我則是最後一排靠窗的位子。怎麼想她應該都沒有機會察覺我在看什麼才對。

「我只回頭一次，那時候看到了封面顏色，是岩波文庫。再加上書籤繩的位置。岩波文庫的《卡夫卡短篇集》在那個位置有書籤繩，我就知道你在看〈橋〉了。」

「不愧是風香，我更喜歡妳了。」

我悄悄用周圍聽不到的音量宣告。耳畔呢喃是把妹的招術之一。我從經驗得知，在耳畔細語比直接約對方去約會的成功率還高。然而這招對風香似乎也不管用。

「那個，請不要在大白天光明正大地講這種話。」

風香緊閉雙眼，接著微微搖晃一下。

根據我的觀察，這頂安全帽對纖細的風香來說似乎太沉重，因此她的身體有時會承受不住重量而左右晃動。

「當橋放棄身分時就會引發慘劇。」

風香彷彿念咒般地說道。瞬間我還在想是什麼，看來她講的似乎是〈橋〉的內容。

「這是平常不太可能會發生的事吧？」我馬上附和。

「是嗎？我不這麼認為。」

「妳覺得日常生活中會有橋放棄身分這種事嗎？妳的意思是指地震還是火災這種

情形嗎？」

這個國家有無數的活動斷層，無論身在何處都不能放心，近幾年這種情形又更明顯。正因為這樣，連這所高中附近的芙蘭橋都因活動斷層的影響，整座橋身布滿細微的裂痕。

再來是火災——這個國家至今仍有許多木造建築，火災層出不窮。就連芙蘭高中附近，最近也相繼發生縱火事件，似乎是同一個犯人所為，目標是女性居民外出時的房子。案子再這樣增加下去，遲早會出人命吧。

風香靜靜地搖頭說：

「故事的答案如果不是由自己找出來的就沒有意義。如果你想成為卡夫卡，更是如此。」

或許風香不是壞心眼，而是真心要讓我成為卡夫卡才會給我這項試煉。不過那不是出自對我的好感，看起來頂多只是遵循公平競爭的精神。如果我最後變成卡夫卡，她真的會當我的女朋友嗎？雖然我每天為此努力不懈，但偶爾看到風香耿直過頭的個性，又會不安起來。

「祝你幸運，作家實習生。」

風香一離開，一記攻擊就像算好時機般從後方襲向我的屁股，不用回頭我就知道凶手是誰——廣瀨浩二。因為座號在我旁邊的關係，開學以來我們不知不覺也有很多說話機會。浩二不高不矮，不胖不瘦，身材中等，成績是全學年第一名。不過因為有種纏人的氣質，總是和班上格格不入。但本人目前似乎還沒發現這點。

「好痛……有什麼事嗎？」

「只是打招呼。對了，你和那個女生在交往嗎？」

「『那個女生』？」

「就是那個戴安全帽的……」

「啊啊，風香嗎？沒有。」正確來說，是還沒有。

「真的嗎？」浩二突然把臉湊過來說：「感覺你們感情好像很好。」

「有嗎？」

「你剛剛好像——摸了她的脖子？」

糟了，看來今後盡量避免和風香接觸比較好，或許連在教室裡和風香說話這件事都很危險，畢竟這個班上遭風香拒絕的男生就有十二個。

「我……我只是幫她拿掉脖子上沾到的髒東西而已啦。」

我故意用裝傻的語氣說道。

「嗯，反正我對那個女生沒興趣，跟我沒關係。」

「哦，在這個班上是少數派耶。嗯，你對念書之外的事都沒興趣吧？」

「你瞧不起我是吧？別看我這樣，我可是很擅長往女人心上點火。」

人不可貌相，我原本還以為浩二一定是專心致志走在處男之路上的人。

「你在很多女生心上點火嗎？」

「雖然不是每天晚上，但也不差啦。不過那不是重點，因為無謂地受歡迎沒有用，重要的是讓真命天女喜歡自己。」

「也就是說，你為了讓真命天女喜歡自己，每天自我鍛鍊嗎？」

「就是這樣。」浩二點頭。他的方法論似乎和我完全相反，我完全不需要那種鍛鍊。話說回來，我甚至沒有愛上現在的目標，只是想消除自己的汙點罷了。

「如果你也想受女生歡迎的話，我可以教你祕訣。」

「……我……我沒關係，不用了。」

我拚命搖頭。這個教室裡的深海楓必須如此。我看著對我的反應很滿意的浩二離開，準備回到座位上看書轉換心情。這次，一記比剛才的屁股攻擊強烈好幾倍的飛踢正中我的後背。

我採取保護動作倒下，打算迅速拉住對方再次踢過來的腳，但強壯的腳對我的這種攻擊不動如山。

「岳斗，你記住，你總有一天會因為殺了我而被抓。」

「閉嘴，假天然呆。」

岳斗是少數和我同國中的同學。善良的他願意對班上同學保守我過去的祕密。雖然缺點是會用宛如內建大聲公的音量講不怎麼好笑的笑話，卻是個令人無法討厭的傢伙。

「陪我去一下廁所。」

「我現在沒有特別想上廁所耶。」

「少廢話，過來啦！」

岳斗強迫拖著我邁出步伐。哎呀呀，往廁所的路上，我發現突然遭到飛踢的背比平常還痛。這是個不太好的預兆，因為飛踢很重的時候，就是岳斗心情不好的時候。

2

離開教室，評估我不需要偽裝後，岳斗開口說：

「我被櫻井菜菜美甩了。」

「是喔。」我邊看鏡子抓抓用髮蠟固定的一頭亂髮，邊回應岳斗。這種耍帥的態度在教室裡很危險，但在廁所就沒關係了。

「是那個人家說網球打很爛卻加入網球社，只有外表是王牌等級的櫻井菜菜美？」

「沒有人這樣說吧？」

「你是什麼時候被甩的？」

「剛剛，上課前。你看，就是這個。」

岳斗打開手機的通訊軟體給我看，上面寫著一句話：

『我們當回朋友吧。這段時間我很開心。』

「她瞧不起我啊。」

「你去跟本人說啊。」

「我們是上個星期開始交往的。」

「你怎麼接觸她的？你們不同班也不同社團，沒有交集啊。」

「我拜託人志。」

「原來如此。」

跟我們同國中的人志加入了網球社，幫岳斗介紹也是可以理解。可是，人志的介紹似乎付諸流水，岳斗和菜菜美的關係短暫而虛幻地結束了。

「才一週就退回原點嗎？是不是有什麼誤會？」

「什麼誤會？」

「像是那個訊息本來是要傳給其他人而不是傳給你之類的。」

「不可能啦。」

「要不然就是你誤會你們在交往。」

「……嗯，她就是那樣想才會說這種話吧。」

我好像說了不該說的話。我已經做好準備接下可能襲來的飛踢，但岳斗似乎沒有那種心情。

「我們是上週一開始交往。你知道對剛開始交往的情侶來說，最大的關卡是什麼嗎？」

「做愛？」

我想到理所當然的結論，但出乎意料的發言似乎讓岳斗驚惶失措。

「白、白痴！太大聲了啦。」

「我的音量是你的十分之一耶。」

「……我忘記你是外表看不出來的那種邪魔歪道了。」

短短幾個月前，我在戀愛方面是全學年最早熟的國中生，但那並非我的本意，只是順其自然罷了。我為了斬斷這種發展，創造出天然呆的個性，要不是出現架能風香這種刺激我挑戰欲的女生，我應該會以天然呆的形象貫徹高中生活。原本按照計畫，迅速將風香追到手後，我應該就會對她失去興趣說再見。

然而，距離告白已經過了一個星期，儘管我把過去成功的手法從頭到尾試了一遍，風香卻完全看不出落入我奸計的跡象。

「不是那個啦。」岳斗表情虛無地嘆了一口氣繼續說：「說到第一道關卡，應該是約會吧？我們約好星期六去『尖叫島』樂園。」

「我很喜歡耶，反正你的目標一定是那個吧？『尖叫橋』。」

「是啦。加上人志送我門票，我想說剛好免費。」

選「尖叫島」約會的理由只有這個。尖叫島其他遊樂設施非常普通，沒有一項能贏過旁邊的遊樂園，只有「尖叫橋」廣受歡迎。

受歡迎的理由在於它的恐怖。「尖叫橋」是一項和普通雲霄飛車的概念完全相反的遊樂設施。遊客在嘎吱嘎吱的音效下眼看橋軌就要斷掉時，即將過橋的列車調頭一轉，倒退前進，速度是零。據說，正因為速度非常慢，反而會一點一滴增加恐懼。

因為跟摩天輪一樣能慢慢享受，非常適合第一次約會的情侶。雖然實質上不太恐怖，卻對膽子小的人有十足的效果，即使是較為膽小的男生也能大膽提出邀請。

「我們中午前入園，在玩了兩、三項設施後的時候感覺都很不錯，她看起來也很幸福的樣子。」

「真正的幸福是無法從外表估量的喔。」

「你很囉嗦耶。」

「關於戀愛哲學，我比你厲害。然後呢？她在『尖叫橋』態度大轉嗎？」

世上有喜歡尖叫「呀啊～」讓人看到自己害怕模樣的女生，和打從心底忌諱害怕事物的女生。如果菜菜美真的很怕恐怖的東西，「尖叫橋」可能會對她造成心理創傷，也能理解她為何會一改態度。

然而，岳斗靜靜地搖頭說：

「不是那樣。」

「怎麼說？」

岳斗站在鏡子前，拉住我拚命做出來的爆炸亂髮，突然拔掉其中一根。

「好痛！你幹嘛？」

岳斗像是完全沒聽見我在生氣般，「呼」地一口氣將頭髮吹向窗外，接著說：

「橋把那傢伙變不見了，就像這樣。」

3

「你說橋把她變不見？」

岳斗點頭。他說事情發生在他們在「尖叫橋」的櫃檯剪完票進場之後。遊樂設施裡光線很暗，一片漆黑。唯二的光源是工作人員附在安全帽上的燈和腳邊閃著藍白色光芒的階梯。由於太過黑暗，菜菜美和岳斗在抵達列車前各自用手機照明。

他們跟隨前方工作人員的指示小心翼翼地前進，階梯的終點又有另一位工作人員一一將遊客帶到列車旁，說明接下來即將啟動的設施。當然，菜菜美應該要坐在岳斗身旁才對，岳斗將手伸向身旁，打算若無其事地牽起對方的手。

「可是，我抓到的卻是空氣。」

「所以你才說橋把菜菜美變不見了？」

「沒錯。唉，我也知道不可能有這種事，但是我想不到其他可能性了。」

岳斗很確定入場時菜菜美還在自己身邊。那麼，在搭上列車為止，菜菜美應該也還在，否則工作人員會讓後面的人坐在岳斗身邊。雖然看似矛盾，岳斗身邊的空位卻是菜菜美曾經存在的證據。

「菜菜美大概是忍者吧。」

「你說的沒錯……白痴喔！」

「會不會只是太暗你沒看到，其實她坐在你後面？」

「裡面就算再暗，我的眼睛也漸漸適應了，但是當時我身邊很明顯沒有任何人。我當然也有查看前後位子，可是哪裡都找不到菜菜美。簡直就像『尖叫橋』把她變不見一樣。」

「意思是她在短短幾分鐘之內消失了？」

「嗯。然後過了一個週末，我來學校就收到這個訊息。你不覺得很過分嗎？簡直像別的女生傳過來的一樣，所以我就想起一件事。」

「……什麼事？」

「有個都市怪談說，只要情侶去『尖叫橋』約會就一定會分手。」

「好蠢。」

好蠢——雖然這麼想，但是我的腦袋裡卻開始延伸奇妙的想像。

當列車準備出發後，尖叫橋從車裡找到符合自己喜好的女孩，舔了舔嘴唇心想：「我要得到那個女生。」接著，尖叫橋在列車奔馳前將少女藏在某處，隔週再把和少女相似的仿冒品送到這個世界。

既然都已經到傳出都市怪談的程度了，可見尖叫橋是慣犯。它好幾次都以相同手法將喜歡的女孩納入掌中，把仿冒品送到這個世界。

不知不覺間，尖叫橋讓世界上的女孩子一點一點都變成仿冒品——

這個想像當然不可能成真。然而，這世上有許多不可理喻的事，不這麼想就無法接受。想到這，我發現自己的思考不知不覺間受到卡夫卡小說的影響了。

「原來如此……」

正是因為將這種現實中的荒謬昇華到寓言的層次，卡夫卡的小說才會和「荒謬」連在一起。

「什麼『原來如此』？」

「沒事，我自言自語。」

這麼看來，不管這件事是不是真的，毫無疑問都是卡夫卡事件吧？

「唉，女人心海底針。」我用這個感慨掩飾自己的注意力被卡夫卡引走的事實。

「不是什麼事都可以用女人心帶過！」

岳斗看穿我敷衍的態度。

「……唉，實際上就是這樣吧？嗓門大又氣勢洶洶的男生跟自己告白，因為無法

拒絕而開始交往，但其實害怕得要命。接著是恐怖的第二道關卡『尖叫橋』，菜菜美的恐懼終於超過臨界點，導致失蹤。她會不會是想：『雖然岳斗平常很可怕，但或許意外是個心地善良的人——我抱著這種期待，沒想到他卻要菜菜美搭「尖叫橋」，好過分！』」

「……不會，絕對不會。因為我邀她去『尖叫島』的時候，她說她一直很想搭搭看『尖叫橋』。」

實際搭上一直想玩的遊樂設施後，因為跟想像中不一樣而失蹤的話還能理解，但是，如果是在搭上一直想玩的遊樂設施前就失蹤——

「她是不是想去廁所啊？你想想，女生每個月都有那個，還有很多無法跟男生說的事。如果她是在什麼都沒準備的情況下碰到那個來，那根本不是搭『尖叫橋』的時候。她是不想讓你看到弄髒的衣服啦。好，事情解決。」

「我們去『尖叫橋』前才剛上過廁所。就算退一百步真的是這樣好了，這也完全不構成分手的理由吧？」

「也是……你有想到其他可疑的行為嗎？你們進入『尖叫橋』的入口大門之後呢？」

岳斗閉眼，雙手抱頭拚命回想。

「嗯，她按了一下子的手機，但我也是……因為那裡沒有收訊，所以我不認為會有誰聯絡她。」

「或許她是想讓你更擔心她一點。」

「唉，事到如今一切都無所謂了。總而言之，橋把她變不見，而我則是這樣被甩了。」

接著，岳斗大喊一聲：「可惡！」用力搥向牆壁，傷害自己的拳頭。

宣告下堂課開始的鐘聲響起。

我拍拍岳斗的肩膀對他說「Don't mind」。

「打起精神來。迴轉壽司裡，想要的菜一定會再轉回來對吧？」

「如果是迴轉壽司的話啦。」

春寒料峭的走廊上，微微響起岳斗陰沉的聲音：

「我再也不要談戀愛了。如果橋一定會在某個地方用仿冒品取代真人，我可受不了。我先回教室囉。」

岳斗不是真的把錯推到橋身上，但是，就他和菜菜美再也回不到去「尖叫橋」之前的意義而言，結果是一樣的。

這個世界一片黑暗。就結果來看，有可能是橋把人變不見吧？

「我深表同情。」我說。

我目送岳斗搖搖晃晃地踏出步伐後也離開了，目的地是頂樓。我想在上課前趕走體內潮濕的氣息。雖然抱歉，但我現在沒閒功夫聽朋友的戀愛煩惱。因為我身負偉大的使命，必須死命盯著文字，盡可能從中多汲取一點意義，找出成為卡夫卡的精髓。

此時，好巧不巧，我看到櫻井菜菜美邊下樓邊做著這間學校的網球社社員常做的手腕揮拍練習。我放輕腳步。

她發現我，然後——無視我。

因為這是「我們之間的約定」。

4

來到頂樓後，我看到一名男學生背對我站著，將手靠在護欄上撐著臉頰。

「只能今天只能今天……嗯，只能今天放學後……」

這是這所高中經常看到的景色。我盡量不去看那道宛如烏鴉吃壞肚子的輪廓，看了心情也不會變好。反正應該是考慮自殺但沒有勇氣真的自殺的人吧。是為了消除死亡的緊張感，手才會晃來晃去嗎？我明明是為了趕走潮濕的氣息而來，要是在這裡看到那種人也很傷腦筋。

我朝護欄另一頭走去，仰望天空。今天的天空也盡情地劃上各種雲朵。

「喜歡看雲的人會自殺喔。」

我一聽就知道那是架能風香的聲音。

「真是粗糙的理論。我不會自殺啦。而且妳不覺得這是最適合告白的藍天嗎？」

我拿出手帕鋪在長椅上，牽起風香的手引導她入座。風香一副沒什麼大不了的樣子乖乖坐下，我便以雙手按壓剛剛牽著的那隻手。按摩作戰 Part 2。

「妳大拇指和食指之間很僵硬，可能是自律神經在作祟。」

「嗯，那邊那邊。真好，好舒服喔，你用這個方式追到了幾個女生？」

「我忘了，但現在只會對妳這樣做。」

「饒了我吧。」

我幫風香按摩了一陣子後，她「啪」地甩開我的手，邊說著：「啊，好清爽。」邊轉動手指。想不到竟然零效果？不可能。還是說我之前追到的女生普遍都太好攻陷了？

「對了，你好像在廁所待很久？」

真是不可思議的女生，還以為她對我沒興趣，卻意外若無其事地掌握我的行蹤。

「妳其實是我的隱性跟蹤狂嗎？」

風香怒目瞪向我說：

「不要臉耶。我以為所謂的跟蹤狂，指的是雖然對方討厭卻還是尾隨其後的人。我的定義不對嗎？」

「不，妳沒錯。妳不是跟蹤狂。是岳斗把我抓去廁所，他好像被甩了。」

我從視線角落捕捉到那位陰森森考慮自殺的人從屋頂下樓的身影後，花了一段時間將從岳斗那裡聽到的內容轉告風香。

下一堂課已經開始，本來這個時間應該回教室的，但我沒有理由放掉和風香獨處的時間。要打動女孩子的心，就得不惜時間。

風香聽我說完，沉默了一會兒後說：

「這樣就只能去看看了吧？」

「去哪裡？」

「當然是『尖叫島』。那個被橋變不見的女生應該是發生了什麼事，但是岳斗說他沒有頭緒。那麼，或許地點會告訴我們。」

「地點會告訴我們？」

「地點會說話喔。例如，我經常聆聽街道的聲音。黃昏的街道很多話喔。魔物的氣息、憂鬱頹廢的氣味、還有某種消失中的東西的悲哀與今天這一天的燦爛，街道會同時說出來。最後，再慢慢由黑暗吞噬。」

我循著風香的話語想像。明明不知道魔物的氣息、憂鬱頹廢的氣味，卻感覺到它們彷彿就存在於記憶裡一樣。

「無論是地點還是物品，都有意志的力量在運作。那不是什麼神祕的東西，而是只要有人就會自然而然產生的現象。」

「所以，妳才會說等一下要去聽那個地點的聲音嗎？」

風香沉默，似乎在思考。不過，她意外地皺起臉龐蹲下縮成一團。她經常這樣。風香睜大眼睛凝視著一點不放，長的話維持這個狀態五分鐘也是有的事。這段期間不管問什麼問題，她都不會回答。

我專心等待她起身。期間，我喜歡的雲朵飄過，噴射機的巨大聲響震動著耳膜。當寂靜終於重返四周時，風香站起身。

「妳肚子痛嗎？」我問。

「那個來啦，噫！」她面無表情地迅速回答。

大概是騙人的吧，因為沒多久前她才說過「那個來啦」。如果剛剛說的是真話，上星期就是騙人的吧？或者兩次都是騙人的嗎？

「那就不可能去『尖叫島』了吧？」

「沒問題，如果你也一起去的話。你當然會跟我一起去吧？」

看樣子她沒想過我不會跟去的可能。這股無可動搖的自信是哪裡來的？而且，她完全沒有向我屈服的樣子。

「我知道了，我會去。放學後馬上過去嗎？還是先回家一趟再過去？」

我在腦海裡想像「尖叫橋」像某種怪物說話的樣子。它用低沉模糊的聲音說：

「那兩個人分手的理由嗎？我不知道啊，嘿嘿嘿。」

我好像怪怪的，風香的思考開始汙染我了。

不知道風香是不是仍心情不好，她沒有回答我的問題，眼睛眨也不眨地盯著別的方向，最後卻突兀地說：

「現在馬上溜出去。」

「咦？現在馬上嗎？放學後不行嗎？」

「不行。」

語畢，風香立刻拉起我的手奔跑。

之後，我知道了她不等放學後才去的真正理由。

然而現在，我只是因為她握住我的手而有些不知所措。因為我從來沒遇過這麼乾脆握住我手的女生。

那隻手非常冰冷，令我深深感受到五月空氣裡仍然微微殘留的寒冷。

5

「尖叫島」是在我四歲時開幕的。當時，這種遊樂園已經推出得差不多，「尖叫島」的確有種慢一步的感覺。實際上，「尖叫島」開幕幾年後似乎都是勉強苦撐。但「尖叫島」一推出「尖叫橋」後，馬上大受歡迎，來客數扶搖直上。

尖叫橋不是特別砸下高額預算的遊樂設施。硬要說其新穎之處，大概就是它的「慢」吧。總之就是慢，短短二十五公尺，列車用超級緩慢的步調前進。不過，途中橋大概會反轉三次左右，遊客會毫無預警地突然進入倒立狀態。

雖然列車感覺以一分鐘一公尺左右的緩慢速度穩定前進，但正是「橋」會引起尖叫。重頭戲就在之後。尖叫橋會發出嘎吱嘎吱的音效，下一瞬間橋就如字面上所說的消失了。遊客在腳底騰空輕飄飄的感覺中降落，大約五秒左右抵達地面。遊樂設施在此畫下句點，從頭到尾人們都受到橋的擺布。

據我所知，這個雲霄飛車被認為是遊樂設施界跨時代的發明，在遊樂器材漫長的歷史上刻下嶄新的一頁。「尖叫島」老闆的這個意圖很明確，而大眾的反應也按照他的期望。

「尖叫島」單日的來客數在都內遊樂園的排名中位居上位。尤其是情侶約會時，十分需要能夠慢慢體驗恐懼的遊樂器材；既然會傳出都市怪談，也代表它擁有一定程度的人氣。岳斗會接受菜菜美的要求，也是抱著慢慢體驗恐懼更容易產生浪漫情愫的居心吧。

「看來平日過來是正確的。」

雖說是受歡迎的設施，但平日下午三點就不會有那麼多人。我們各自付了門票費入場。

「要先搭什麼呢？摩天輪之類的可以慢慢玩，之後再去鬼屋，然後……」

「你在說什麼啊？」

「咦？」

定睛一看，風香的臉靠近我眼前。我重新發現她的嘴唇是最適合接吻的唇形。

「我們不是來玩的，是為了調查你朋友被甩的理由才來的吧？」

「……開玩笑的啦，妳看，票。我剛剛先買好的。」

「真周到呢。不要臉。」

雖然不知道為什麼被罵不要臉，但風香迅速從我手中搶走票券，毫不猶豫地往前走。真令人無所適從。一種討厭的預感襲來，感覺我就像一個人在說相聲。風香真的會有屬於我的一天嗎？現在只有卡夫卡知道這個答案。

我無奈地追上風香，直直朝「尖叫橋」邁進。

「沒想到遊樂園是這麼開心的地方耶。」

風香環顧四周發表感想。

「因為是遊樂園嘛。」

「嗯～這是我第一次來遊樂園。」

「咦……妳沒來過遊樂園嗎？」

雖然驚訝，但同時也可說正如我所料。風香給人的印象，就是完全不會到這種庸俗的地方享受娛樂。感覺她是從小在圖書館或是博物館體驗冷靜與奮感的類型。不過，風香又補上一句話：

「因為我從小就一直是醫院和家裡兩頭跑。」

「醫院」這個詞似乎對我放了一記冷箭。

「妳身體不好嗎？」

「不是不好，只是有個病找上我，但我從來沒有因為那樣身體不好。」

風香筆直看向前方。這句話看來不假，風香不是單純在逞強，而是真心這麼相信吧。從她現在沒有休學繼續上課的狀況來看，應該戰勝病魔了。

然而，疾病至少還是奪走她從小到大體驗遊樂園的寶貴機會了。一想到這，我的胸口就輕輕騷動一下。這是什麼感覺呢？不懂。

「妳原本以為遊樂園是怎樣的地方？」

「人很多的地方，充滿病毒，容易讓人疲憊生病的地方。因為月矢哥老是這樣說。」

「月矢哥？」

「我哥哥。月矢哥對我過度保護。一年前我父母過世後，他更是把自己當成我爸媽了。明明沒有血緣關係。」

「咦……」

沒有血緣關係的兄妹在父母過世後兩人一起生活，這個設定馬上全力啟動我的妄想引擎。

「我兩歲的時候父親過世，母親兩年後再婚。月矢哥就是媽媽再婚對象帶來的小孩。我們雖然相差十歲，但比起其他事，月矢哥總是將陪我玩擺在第一順位。媽媽和叔叔過世後，月矢哥還每天做飯給我吃。」

風香的眼睛似乎有點迷茫地看向遠方。在此之前，我從來沒聽她提過家裡的事，卻在意想不到的地方出現競爭對手。

不對，就算沒有血緣關係，兄妹就是兄妹。雖然心裡另一道聲音安慰我說不用擔心，但感覺風香剛剛的眼神瞬間像是戀愛中的少女。此外，我看過安達充的《美雪・美雪》，知道沒有血緣的兄妹在法律上似乎可以順利結婚。

「妳父母怎麼會過世？」

「意外。他們走在工地附近，一根鐵柱從天而降，然後就沒了。」

風香說得一副沒什麼大不了的樣子，

「大概是因為這樣，我就算只是稍微跌倒，月矢哥都會擔心得很誇張。」

風香開心地笑著。她至今度過的人生似乎和我截然不同，是僅僅跌倒就有人會擔憂的人生。這樣一點都不難想像月矢哥這名人物的存在有多巨大。先不論風香對他有沒有男女之情，他的的確確是個具有龐大影響力的人物。如今，那個人依然將風香收在自己的羽翼下。這個事實讓我有種遭鐵鍊綑綁的心情。

「就是那個吧？『尖叫橋』。終於到了。」

風香指向前方。遊戲招牌上的尖叫橋圖案正載著列車，露出不懷好意的笑容，激起遊客心中的恐懼。

「話說回來，你玩過嗎？」

「嗯……是玩過。」

這種事情說謊也沒用。正確來說這是第三次，第二次是和櫻井菜菜美來的。

6

我國中時就像夾子的螺絲拴得很緊的夾娃娃機一樣，無論什麼女生都能馬上手到擒來，接吻的時間或許比喝水的時間還多。

期間，順其自然地拜訪了「尖叫島」兩次。兩次都是剛交往就馬上去玩「尖叫橋」，最後成為彼此能順利交往的契機，那是很幸運的遊樂設施。

我在國中二年級的時候注意到，很多女生會把俗稱吊橋效應的那個東西誤以為是戀愛感情。但運用技巧讓女孩子迷上自己實在沒意義，重點不在開啟戀愛遊戲，而是如何去愛。關於這點，我是個菜到不行的門外漢。我無法愛人。因為察覺到這個事實，我才會從高中起就不再追女生。

要不是出現架能風香這個激起我挑戰欲的女性，我一定不會被拉到這種地方，而是過著安穩的高中生活。

我們出示門票進入室內後，前方已經有好幾對男女在排隊。沒多久，周圍變得一片漆黑，只能倚靠腳邊的螢光燈和工作人員安全帽上加裝的燈光前進。

「那個女生就是在這段移動時間消失的吧？」

「不，我覺得她應該有搭上列車，否則岳斗旁邊就不會空下來吧。」

「是嗎？如果他前後的乘客都是情侶，工作人員大概會以為岳斗是一個人來玩而把位子空下來不是嗎？」

「啊，原來如此……」

雖然工作人員平常會把座位填滿，但仔細一想，如果是以兩人共乘為前提的遊樂設施，就算出現空位，也不一定代表菜菜美搭上車前都在嗎？

「不過，無論如何，都付錢了卻離開，應該是有很緊急的事吧？」

「是啊。接下來就要享受遊樂設施了，為什麼會出現那麼緊急的事？」

「你們有沒有想過是黑暗恐懼症呢？因為沒想到室內會這麼暗，她進來以後嚇了一跳。」

「似乎也有這個可能。不過，我不太能理解岳斗因為這個原因，過了一個週末就被甩了。」

如果是這種原因，女生被橋變不見、送來一個仿冒品的說法還比較合理。

「說得也是。」

風香思考了一會兒，最後打破沉默問道：

「說到『尖叫橋』，你今天在看卡夫卡的〈橋〉對吧？」

「啊，嗯。」

怎麼了嗎？

「你還記得我說的話嗎？」

「妳好像說『當橋放棄身分時就會引發慘劇』？」

「嗯。假設這座『尖叫橋』放棄橋的身分會怎樣呢？」

岳斗用「橋把人變不見」的擬人化世界來暗喻不合邏輯的狀況，風香的這句話聽起來則像是衝進了那個世界。我試著從現實層面來解釋。

「遊樂設施好像沒有故障就是了。」

接著，風香說的話出乎我預料：

「不是那樣，我指的是『尖叫橋』整個區域。」

整個區域？

什麼意思啊？

我無法好好理解風香話中的意義。

列車在腳下螢光燈中止的盡頭處等待乘客，那裡有另一位工作人員協助大家上車。

安全桿降下。

「果然，搭上來後不可能下去，因為有安全桿。」

「原來如此。如果想下車，就必須麻煩工作人員。」

岳斗沒說曾發生這種麻煩事。也就是說，菜菜美是在上車前消失的。

我就是在此時聽到工作人員的談話。

「這星期也拜託學生弟做六日吧？」

「對啊。這裡平日雖然很閒，但六日很操。」

「那傢伙在這方面很認真呢。」

兩名工作人員說完後相視而笑。看來他們是打算把麻煩的工作塞給打工的後輩。是一段聽了會令人不愉快的對話。

不過聽見這段話的瞬間，風香悄悄握住我的手，彷彿確認我是不是溶進黑暗中一樣，動作非常自然。

「所謂的橋，不限於眼睛看得到的部分。」

「橋不限於眼睛看得到的部分？」

好玄的話。但比起這個，我更介意風香突然牽起我的手，而且到現在還沒放開這件事。單純的接觸再次令我的胸口躁動。怎麼回事？我不懂自己發生了什麼事，很不舒服。

列車緩緩啟動，速度依舊緩慢。

途中，我注意到風香握住我的手傳來了微微震動。

「害怕嗎？」

「才不害怕。不要臉。」

「妳說謊吧？」

「就算是，跟你有關係嗎？」

「有啊。我在妳身邊，要我抱妳嗎？」

「不用了。」

反應好冷淡。不過，風香在尖叫中持續緊握我的手，握力之強超越我的想像，讓我擔心自己的手是不是要斷了。

離開「尖叫橋」時，我的手背上有無數抓痕。

7

我在風香的視線之外用力甩動還在麻的手掌，等待麻痺感退去。

看著害怕的風香，我自然而然露出笑容。

——我在笑。

「很好玩吧？」

我大吃一驚。我上次這樣不自覺地笑是什麼時候的事了？

我愛上她了嗎？不，怎麼可能？花名遠播、至今從沒愛過誰的男人——深海楓，不可能偏偏愛上戴著安全帽的文學少女。

我感到迷惘。這傢伙只是很有挑戰性罷了，追到手後稍微開心一下就要結束。

風香還處在亢奮狀態，睜大眼睛說了聲：「噫！」重新用力綁好安全帽。大概是因為尖叫橋突然旋轉，安全帽鬆脫了吧。

「竟然有人為了坐那種東西去排隊，他們的精神不正常吧？那是殺人遊戲耶。」

「妳太誇張了。」

「真有趣，人類竟然會積極地追求有如殺死自己般的致命恐懼。」

風香眼睛眨也不眨，大概真的很害怕。

「追求恐懼或許是人類在潛意識中覺得，必須持續刺激自己的本能吧。」

「很有趣的說法，不要臉！」

「就跟妳說『不要臉』不是這樣用了。人類只要生活一和平穩定，就會馬上失去危機意識。我想，或許是因為人類的本能看穿這種惰性，才會定期命令自己攝取恐懼。」

「然後，品嘗恐懼的滋味後就會想吃甜食吧？」

「我請妳吃霜淇淋。」

「我似乎可以接受你的這點示好，畢竟我因為你朋友的問題差點死了。」

「妳太誇張啦……」

「才不誇張，是真的差點死了。」

風香淚眼汪汪地看著我。之後，我在路邊攤買了兩根霜淇淋，一根交給風香。風香幸福地閉上雙眼舔著霜淇淋。

「所以你知道什麼是『橋』，以及是什麼『橋』翻覆了嗎？」

什麼橋翻覆了——我循著她話中的意思。

「我大概知道了。」我吸了一口氣說：「是岳斗吧？」

「唔，願聞其詳。」

「問題出在那傢伙身上。妳剛剛有提到黑暗吧？我就是那時候發現的。如果菜菜美有黑暗恐懼症，一定會非常害怕。然而，岳斗大概是因為剛交往還很害羞的關係，沒有牽菜菜美的手。結果，這件事讓菜菜美和岳斗產生距離。」

「唔，你的意思是她因為這樣生氣回家了嗎？」

「一開始我也想說情侶之間怎麼可能因為這種事分手，但妳剛剛因為害怕把我的手握到快斷掉的時候我想到，如果是女生，那種時候一定很希望對方握住自己的手。」

這時，風香第一次在我面前臉紅。

由於我漸漸開始覺得，風香的心中大概沒有生氣以外的情感量表，因此更是對此感到驚訝。不僅如此，她還迅速將自己的右手藏到身後，彷彿以為這麼做就可以消除自己曾經做過的事。

「這個推理很卑鄙，竟然隨便套入我的弱點。」

「咦？妳指的是因為害怕握住我的手嗎？」

「不要重複！噫！」

風香立刻恢復往常面無表情的樣子發出怪聲，接著「喀滋喀滋」地吃起霜淇淋甜筒。

我看著她的臉笑道：

「但妳想的推理不一樣，對吧？」

我知道。關於自己的推理沒有說中事實這點，我還是明白的。

「怎麼說呢？但你的推理只有一個地方有問題。」

當然，沒錯，正是如此。

「在那樣的黑暗中幾乎不可能看出菜菜美在害怕——對吧？」

「……你知道嘛。」

「如果菜菜美在搭乘前一直說『好可怕』，岳斗就會曉得。但如果是她自己想玩，等到要搭的時候才害怕就很怪了。他們分手的原因大概不是因為恐懼吧。」

風香輕輕點頭，表示贊同我的推理。

「換句話說，翻覆的『橋』不是岳斗吧？」

風香咬下甜筒，發出清脆的聲音。

「我們來探討一下『橋』的意義吧。人們建設『橋』的目的，是為了支撐、引領行人從目的地A前往目的地B。目的地前方可能有河川、池水、水壩或是針山等等障礙，為了跨越這些障礙而架設的東西就是橋。順帶一提，人腦裡也有橋。」

「人腦裡也有？」

「有個器官叫『橋腦』，因為有許多從小腦往腦幹的神經纖維通過而得名。那麼，這裡有個問題，對菜菜美和岳斗而言，什麼是『橋』呢？」

話說到這，我恍然大悟地發現這次事件中的「橋」是什麼了。

「如果橋放棄橋的身分，會怎麼樣呢？」

「如果橋放棄橋的身分——」

我腦海中突然浮現之前學校頂樓的光景。一名男學生想不開地站在護欄前。

那幅光景和卡夫卡小說的結尾重疊。

為了確認誰在橋上跳躍而轉身回頭的橋，以及將身體探出護欄的青年——兩道身影在我腦海裡重疊。

當時不以為意的光景意外地有了意義。

「看你的表情，似乎找到某個真相了呢。明明我這個一直拋出謎題的人還沒有任何頭緒，你卻找到了正確解答，這才荒謬。」

「是妳的荒謬開拓我的視野。」

其實，我現在覺得一切都豁然開朗。

「謝謝……之後再跟妳說，我要回學校了。」

我飛奔而出。如果我的預測無誤，事情等一下可能會發展成最糟的狀況。

此時，身後傳來風香宛如咒語的一句話：

「精神唯有不再做為支撐的時候，才得以自由。」

「咦？」

「卡夫卡說的啦。不論結果如何，自由都是任何東西難以取代的。當橋放棄當一座橋時，應該終於能夠看到某種景色。」

我點頭。但說實話，就算最後自由了我也不覺得會是件好事，尤其攸關人命的話更是如此。

8

目前為止，我們學校頂樓還沒出現過自殺的人。因此，警戒心低落的校方在放學後依然開放頂樓。頂樓有著做為告白或是分手地點的功用。簡單來說，這是我們學生最能有效運用的私人公共空間。

我預測那裡應該會有一名男學生。第三堂課後站在那邊的男生，放學後一定會再次回到那裡，為了將自己的身體解放到護欄的另一側。那個人雖然在自己告白後也接受了菜菜美的心意，卻遭到罪惡感折磨，陷入煩惱。

我知道那個人是誰。

穿過校門、直奔頂樓後，如我所料，那裡果然出現了男學生的身影。

如果我的預想正確，那個人應該是人志。白天時，雖然我沒有好好確認那道身影的臉龐，但他輕輕甩動手腕的揮拍動作，似乎是我們學校網球社社員在顧問指導下練習揮拍時的動作，再加上身高和輪廓這些情報，整體看來，就會得出那個人是人志的結論。

當時，他散發著悲壯的氛圍。和風香談話間，我確定他一定會為了尋死再次回到頂樓。

結果，那名男學生就是人志。

不過和預期相反，還有另外兩道身影躍入我的眼簾。

岳斗和——菜菜美。

菜菜美躲在人志身後，岳斗則是背對我朝向那兩人站著。我隱身在門後，觀望他們的舉動。

「我們開始交往了。」人志說。

「……你說什麼？這是怎麼回事……」

現場沒有一個人回答岳斗的問題。

「原來如此，原來你們心底一直把我當白痴耍嗎？」

難怪岳斗會這樣想。我沒想到會迎向這種局面。在我原本的想像中，事情會因為人志自殺而落幕，但現實似乎有點走偏了。

「不……不是這樣的……我只是太晚發現自己的心意。」

人志狼狽地回答。大概是岳斗向他表明喜歡菜菜美後，人志雖然當了兩人的介紹人，卻反而發現自己的心情。

「我因為不知道人志的心意，才會和你……」

菜菜美首度開口，不過如果要說這種話，她不如乖乖閉嘴才是為岳斗著想吧。岳斗現在一定心想，如果這就是現實，想成是橋把菜菜美變不見還比較好。

岳斗不客氣地將拳頭握得「喀啦喀啦」作響，轉動頸骨，向前踏出一步。

「不要瞧不起人！混帳～～」

「咿……真的很對不起……」

人志以幾乎要消失的聲音說道，往後退半步，菜菜美更是拚命躲在人志身後。

岳斗終於揮出拳頭。

但是，他打的不是人志，當然也不是菜菜美，而是他們身後的牆壁。岳斗狠狠揮動拳頭說：

「喜歡的話一開始就說啊，白痴！」

「……對對對對對不起。」

人志緊閉著雙眼道歉。

「要幸福喔。」

岳斗留下這句話後瀟灑地離開了，完全沒有注意到我藏在門後。雖說是朋友，但岳斗的身影看起來實在充滿男子漢的氣概。

我看向另外兩人，確認留下來的人志和菜菜美，兩名迎向嶄新開始的男女。然而，他們臉上浮現的表情，絕對稱不上是幸福的表情。

人志腿軟地蹲在原地，看起來還在跟恐懼戰鬥，菜菜美則是——雙手交握，眼神閃閃發亮地盯著岳斗的背影。

「感覺那三個人又會有一場風波呢。」

不知道什麼時候，風香站到我身後。

「真虧妳知道我在這裡。」

風香跟我一樣藏身在門後，她貼在我的背上，窸窸窣窣地對我耳語：

「我雖然不像你，但多少也有點分析能力。答案只有這裡吧？第四堂課鐘聲響前沒多久，從頂樓樓梯下來的人是菜菜美，頂樓上是介紹菜菜美給岳斗的人志。也就是說，那兩人為了確認彼此的心意才剛碰過面。人志那副想不開的表情，一定是想向岳斗鄭重道歉，才會自言自語：『只能今天只能今天……嗯，只能今天放學後……』這麼一來，他放學後一定會再來頂樓。」

風香也注意到當時在頂樓的是人志啊。她比我更準確地從我判斷是尋死的那句自言自語中，截取到人志真正的意思。

約會那一天，菜菜美一進入「尖叫橋」就馬上消失了。也就是說，引發她消失的原因在搭上列車前。

問題是，她在踏入「尖叫橋」的大門後發生了什麼事？在那樣的黑暗中，一般來說無法發生任何事。但是，有一個可能。

我會注意到這件事，是因為風香問我：「如果橋放棄橋的身分，會怎麼樣呢？」那時，我突然想起「尖叫橋」工作人員的對話。

——這星期也拜託學生弟做六日吧？

——對啊。這裡平日雖然很閒，但六日很操。

——那傢伙在這方面很認真呢。

如果他們口中的「學生弟」是我們學校的學生呢？人類有一種特性，會抹去身穿制服者的存在。就算想起身在那裡的工作人員制服，也想不太起對方的長相。

如果那天是我們學校的某個學生戴著帽子遮住眼睛，以工作人員的身分負責剪票，一般人有辦法注意到嗎？

想到這個可能性時，我的腦海中同時浮現人志的身影，這個介紹菜菜美給岳斗認識的人物。

人志介紹菜菜美和岳斗認識，也就是他們之間的「橋」。他當然也知道他們那天會去約會，因為那張票是人志給岳斗的。

之後——人志在剪票時交給菜菜美一封信。菜菜美在上車前一直亮著手機不是因為怕黑，而是利用手機的光源在看信。

就這樣，「橋」放棄了「橋」的身分。

風香呵呵微笑。蠱惑人心的笑容令人覺得，光是看著她微笑，彷彿就已用完一生的幸福。

「不過，或許最可怕的『橋』是女人心也不一定。」

我指的是菜菜美眼神裡的意義。

國中時，菜菜美拋棄交往兩年的男朋友，選了念同一間補習班的我。現在，菜菜美用第一次看到我時相同的眼神看著岳斗離開的背影。自尊心很高的菜菜美，似乎將我當時甩了她的這個事實，從她的人生紀錄中抹去了。之後，我們變成儘管上同一所高中，在走廊碰面卻不會看對方一眼的關係。

寄宿在菜菜美體內的光芒，是新戀情的嫩芽吧。菜菜美慢了一步喜歡上岳斗。只當了一瞬間贏家的人志，明天起將嘗到地獄的苦澀。

「你的直覺雖然差我一點，觀察卻很入微，或許很適合當作家。走吧，今後會如何，就看她怎麼做了。」

我點頭，以公主抱的方式抱起風香下樓。

「你在幹嘛……？」

「腳步聲少一點比較好。」

「……嗯，真輕鬆呢。」

無動於衷？想不到公主抱作戰也行不通，真是難以攻陷的女生。我再次發現自己追的是個不得了的女生。

走下最後一階樓梯，我輕輕放下風香。

「為什麼你沒有流一滴汗？」

「因為我所有的肌力都是為妳而生。」

「要一直準備這種台詞，感覺很累呢。」

哎呀呀，必殺台詞似乎也落空了。

當我帶著徒勞無功的心情，朝校門跨出步伐時——

我注意到校門前停了輛黑色汽車。一名高挑的男子靠在車旁，看起來二十五歲左右，端整的五官和銳利的眼神令人聯想到大野狼。

他直直凝視著我們。

風香佇立在原地，雙腳微微顫抖。

「怎麼辦……學校聯絡家裡了……」

「……他是誰？」

「月矢哥。」

「就是他啊……」

我客氣地低頭行禮。然而，男人用宛如看著電線桿的冷漠眼神看向我後，一個箭步上前揪住我的衣領。

「你是誰？」

「……你好，我是深海楓，令妹的男朋友。」

月矢以不帶任何表情的眼神瞪著我，那是一雙懷抱深沉虛無的眼睛。我還沒見過有人能對人類射出如此冷酷的眼神。

「誰是男朋友啦！騙子！月矢哥，不可以使用暴力！」

儘管如此，月矢依然沒有消除敵意。他靠近我的臉，咬牙切齒地說：

「少年，愛惜自己的話，就不要踏進風香半徑五公尺以內。」

「不可能耶。」

月矢從口袋中拿出記事本，上面有警視廳的標記。

「反抗國家公權力實在不是個聰明的選擇。」

事情麻煩了。我想出手的夢幻對象，不但對所有追求技巧無動於衷，競爭對手還是同住一個屋簷下的無情哥哥，不僅如此，他還是個冷血的警察！

月矢讓風香上車後，像是將先前的冷酷一筆勾銷，笑容滿面地朝我揮手。我當然沒有回應。

車子揚長而去。

我之前不曾和風香一起放學所以不知道，月矢每天都會像這樣開車來接她吧。

我也發現風香決定放棄上課去「尖叫島」的理由了。不這麼做的話，她一定無法得到自由。

——精神唯有不再做為支撐的時候，才得以自由。

又或許自風香雙親過世後，在月矢撫養她的同時，她也成為月矢的精神支柱。那是羈絆，也是枷鎖。卡夫卡的那句話，一定也深深刺進她的心裡。

我想起風香手的觸感，胸口再次有股奇妙的騷動；一回想起風香緋紅的雙頰，內心的情感就像果凍融化般更加濃稠柔軟。這種感覺是什麼……

這果然是——戀愛嗎？

「怎麼可能……哈哈。」

一陣風吹過。我和風香之間流著一條深深的河川。

為了尋找應該架在我們之間的橋梁，我跨出腳步。暫時先把我是否迷上風香的問題放在一旁，如今的首要之務是追到風香。

或許對我們而言，橋就是「故事」吧。只要我成為卡夫卡編織新的故事，那就一定能成為我們之間的橋梁。

我這麼想著，剛好來到平常總會經過的芙蘭橋。由於芙蘭橋的橋身現在也一副快塌陷的樣子，所以我們學生也用諧音叫它「腐爛橋」。這座橋就像這座列島上遍布的活動斷層的比例模型般，遍布著細微的裂痕，儘管如此，公家單位似乎仍沒有修橋的計畫。

等待崩壞、等待問題浮上檯面，是這個國家的拿手好戲。我今天也以相信這座橋的心態渡橋，一路探尋心中更重要的「橋」。

當我的思考圍繞著「橋」打轉時，的確感覺到風香比從前身邊的任何一個女生還要接近自己。

第二話　怎麼看都是刑具

1

在被剝奪之前，人類不會知道自己平常依賴的是什麼。有時候是遊戲，有時候是手機、醃漬小黃瓜等等，因人而異。在這個現代社會，所有人都有某種成癮症。因為我很喜歡ＣＬＡＭＰ的作品，所以知道這件事。

然而，我內心某處一直以為自己是例外，直到我面臨了不得不改變認知的狀況。看樣子，我似乎一直依賴著架能風香。

自從那天以來，風香這個星期都向學校請假。

我在第二天就已出現戒斷症狀。同班同學的廣瀨浩二只是從身後撞向我的膝蓋，我就想抓住他領子揍他一頓。不過因為全班都在看，我瞬間手下留情就是了。

第三天的戒斷症狀更嚴重，腦內開始一個個無限重播風香手的觸感和臉上的表情。我第一次產生想要打電話給誰、聽對方聲音的想法。

可是，我連風香的手機號碼都沒問過。說到底，她有手機這種文明利器嗎？是說——為什麼我會這樣一直在想架能風香的事呢？

「沒什麼，就跟遊戲依賴一樣。」我對自己這麼說。就算是不以為意開始玩的遊戲，每天都玩便會產生依賴，因此思考自己是不是愛上遊戲根本愚蠢至極，這只不過是一時性的依賴罷了。

放學後，我想這樣保持平常心卻因戒斷症狀襲來而鬱悶地抱著腦袋。坐在隔壁的井上芽瑠擔心地看著我的臉。同樣身為學藝股長，芽瑠幫什麼事都沒做的我打理了各種工作，可謂我日常生活中的大恩人。除了風香以外，她是我在這個班上唯一有好好說過話的女生。

「你不回家嗎？」

「嗯？」

一回神才發現，班會時間已經結束，大家都回家了，教室裡只剩下我和芽瑠。兩人臉靠得很近。

「總覺得你最近很奇怪喔，一直恍神。」

「是嗎？」

夠了，不要靠過來——儘管我在心裡大叫，芽瑠卻將臉湊得更近，以窺探我臉龐的姿勢奪走我的吻。

「總覺得發呆的深海好可愛喔。」

出現了，肉食女。這種類型的女生從以前就深信，只要奪走男生的吻便能輕易讓對方喜歡自己，明明這種事只會讓人覺得很煩而已。

「……抱歉，我國中就不會和不喜歡的女生做這種事了。」

我完全沒有要用她來填補風香的念頭。這種東西根本無法滿足風香不在的空洞。

芽瑠換上生氣的表情背對我說：

「別、別誤會。我有男朋友了……剛剛只是臉靠太近而已，你不要得意忘形。」

「對吧？妳只是臉靠太近而已，抱歉喔。」

芽瑠因為恥辱而雙頰通紅。我過去或許會將這視為機會，依照接下來的步驟繼續進行，但我已經完全收手了。擁抱不愛的女生，就像吃不喜歡的食物打發時間而增加體脂肪一樣，就算當下覺得不錯，結果一點好處也沒有。

芽瑠跑開了。我知道她說有男朋友不是虛張聲勢。她有個叫市田宏之的男朋友，好像才剛開始交往的樣子。宏之是個不錯的傢伙，體育課踢足球時，我曾經跟他同隊。雖然他父親好像是知名的格鬥選手，但宏之本人不是那種肌肉男，而是給人爽朗好青年的印象。我並沒有想抱芽瑠到背叛宏之的地步，即使是為了暫時處理性需求也一樣。

「風香風香風香。」

嗯？我剛剛說了什麼？慘了，我下意識地連續呼喊風香的名字。明天風香還是沒來學校的話，我應該會變得更奇怪吧？這不是戀愛，只是面對很有挑戰性的女生時，稍微產生依賴症狀罷了。先把它取名為「風香中毒」吧。

能夠填補這股失落的——

「只有寫作了嗎？」

答案很簡單，而且從一開始就準備好。只能將戒斷症狀的黑色岩漿轉換為創作的岩漿。我最近碰到一個瓶頸。我已經可以寫出稍微有趣的故事，文筆也沒有以前那麼糟，但僅止於此。我完全寫不出卡夫卡那種看起來是在講A和B，卻讓人覺得或許是在講另一個完全不同、其實是我們所處現實世界的迷宮感。卡夫卡究竟是如何寫出這種文章的呢？如果他還活著，我真想問問。

我已經比以前熟悉卡夫卡的文章。越熟悉他的文章，越覺得自己只有表面的小說令人作嘔。

還有另一個問題——惡劣的寫作環境。

我不太喜歡我家。理由有很多，但最嚴重的是管太多的母親。她每天用諂媚的聲音給我獎勵或零用錢，想把我照顧得無微不至，宛如我已經實現成為銀行菁英的夢想。忍受這種寵愛所要付出的代價是無止盡的，我每天被迫聽她的抱怨和痴人說夢。她要我答應三年級開始去補習班啦、將來要照顧她啦之類的口頭約定——她的要求沒有滿足的一天。

然而，我眼下的寫作工具只有家裡的桌上型電腦，不回家就無法寫小說。這又是個小小不可理喻的卡夫卡煩惱。

我嚥下一口嘆息，將東西收進書包。

2

不出所料，一回到家，母親便追根究柢地追問我在學校發生了什麼事。我知道她實際上在想什麼，她想確認我有沒有和奇怪的女生交往。因為國中時，班導曾經在家庭訪問時揭穿我素行有問題。

問話結束後，接下來是抱怨，總是這樣。埋頭工作的父親、一年比一年還凶的婆婆、跟鄰居阿姨們有關的大小事，她每天沉默地抱著一堆無法對任何人訴說的不滿，在我回家的同時接二連三地朝我發射。

我隨便用謊話敷衍母親後，起身打算回到二樓房間。注意到我的心思後，她不開心地說：

「你最近都在房間做什麼？我一直到半夜都還聽到你打鍵盤的聲音。」

「沒什麼，只是上網查東西。」

「問題是啊，聽說最近有種付費網站很可怕……」

明明幾乎沒有網路知識，卻想用不知道從哪裡聽來、一知半解的東西束縛我。我重複說：「知道了知道了。」終於結束這段對話。我鎖上房門，深呼吸後慢慢吐出焦躁，吸入寂靜。

接著，我打開桌上型電腦，這台電腦是我說想上網後叔叔讓給我的。當時我從沒想過自己會有打開 Word 的一天。

對現在的我而言，這台電腦是我和世界戰鬥的武器，也是我向風香傳達魅力的武器。幾天前，我一直在寫一篇以卡夫卡的《司爐》為主題的極短篇小說。我將自己身邊的題材和卡夫卡的世界結合，卻稱不太上是好作品，簡單來說就是失敗作。反正我才剛開始寫小說沒多久，現在可不是因為一、兩次失敗就委靡不振的時候。

在這個 Word 編織出來的文章變成卡夫卡的風格為止，我必須徹底持續自我改革。

也就是說，風香中毒的戒斷症狀應該會成為自我改革的巨大啟動器。

我打開 Word，寫下第一行。我在回家的路上決定好了新主題，要從那個有強烈控制欲的哥哥手中解放風香。我為此寫作，當然，目的是為了讓風香看這篇故事，這次一定要得到她。

我把卡夫卡的《在流刑地》場景搬到現代，改寫成將一名女性從束縛與不安中解放的故事。無論寫什麼都會淪為表面功夫的發展中人類，只能借用偉大先人的餘威。只要借用卡夫卡前輩的基礎從中創作，應該比較容易創造出卡夫卡的深度吧。

故事的主角是我。不是現在的我，而是想像了一下已經成為小說家的我。雖然我不認為真的會有那麼一天，但因為我現在太半吊子，實在沒有讓人想寫的動力。

總之，在故事中我是一名小說家，就用這個設定吧。接下來，我這個小說家要做什麼？啊啊，對了，我為了蒐集資料而去拜訪主張「控制教育至上主義」的警察——架能月矢的家。

「鄰居說您用稍微特別的教育方法教養妹妹。」我以這樣的說辭預約採訪，月矢爽快地答應了。不僅如此，他還得意洋洋地描述一直以來他是如何控制妹妹。內容就是這樣。

結尾是固定的。既然是向卡夫卡的《在流刑地》致敬，故事當然要依循《在流刑地》發展。

但是——我停下打字的手。

第一，我的文筆跟不上，儘管我想模仿卡夫卡黏膩冰冷的筆觸卻完全學不來。此外，這個故事有個致命的缺點。

「啊啊啊啊！風香根本永遠不會出場啊！」

想擺脫風香中毒，我應該要寫以風香為主角的故事。然而，由於對剝奪風香自由的月矢的厭惡跑在前頭，結果演變成一直在寫月矢。

「這樣症狀只會惡化……」

不應該是這樣。我倒立，但只不過是讓血液衝向大腦，沒有任何益處。我馬上放棄倒立，接著打開窗戶。不是為了跳窗，而是為了呼吸外面的空氣。冷靜！現在離發瘋還太早。

就在這時候，我的眼睛捕捉到芽瑠的身影。

她似乎在我家門前尋找對講機在哪裡的樣子。有什麼事嗎？必須請她離開。我急急忙忙下樓。母親在客廳，一按對講機，她就會發現外面有人。我正在全力避免這件事發生，我不想讓那個干涉魔知道任何事。

母親瞪著我罵：「不寫功課就要出去？」因為她知道我只有要外出才會在晚餐時

間前下樓。

這裡不宜久留。我含糊地點頭，匆忙出門。六月的傍晚時分天空還很藍。

「呀！」

一開門，我馬上拉著芽瑠的手跑開。

「咦！等一下……」

「這裡不適合，有話在前面轉角的公園說。」

我著急地帶芽瑠前往公園。

她氣喘吁吁地死命跟上。

好不容易抵達公園，我們兩人的額頭都冒出汗水。

「真是的……怎麼回事啊？」

「我爸媽很囉嗦。」

我自暴自棄地坦承，芽瑠聽到這句話，彷彿一切瞭然於胸似地用力點頭說：

「我們都很辛苦呢。如何躲過父母的眼睛，一定是所有高中生共同的煩惱。」

芽瑠接著坐在長椅上，翹起形狀優美的雙腿。

「剛才的事，我原諒你。相對地，我有些事想找你商量。我無法對任何人說，一直在煩惱。」

「什麼？妳要說妳其實是被虐狂嗎？」

「白痴！」

芽瑠臉紅了。我原本只是隨便說說，卻似乎猜中了。

「……這個啦。」

芽瑠邊微微戒備，邊給我看她的手機畫面。

「這是……」

「你知道這是什麼嗎？」

我猶豫著不知道該不該說出答案。

因為手機畫面上的東西，只會讓人想到某種特殊凶器。

3

「你覺得這是用來做什麼的？」

芽瑠再度盯著我的臉。我邊提防她的親吻，邊沉默地繼續看著手機圖片。手機上映著的費解物品值得人好好凝視。

那個物品是個滾輪，上頭有無數銳利的突起，看起來像某種凶器。大概是為了讓人更容易了解它的尺寸，物品旁還擺了一把相同長度的菜刀。雖然跟旁邊擺菜刀也有關係，但單看那樣東西，可能只會令人覺得更加不祥吧。整體來說，以在少女的手機畫面看到的內容而言，太不自然了。這怎麼看都是凶器，而且——

「妳是在哪裡拍到這張照片？」

「小宏的手機畫面。」

小宏指的是芽瑠的男朋友市田宏之吧。那個爽朗好青年的手機畫面，為什麼會有這種東西？跟他太不搭了。不論是將他身上任何一處爽朗剪下來或是切塊，都看不出他是會持有這種器材的人。

不祥的東西，儘管如此，這張圖卻引起我的興趣，因為它非常像在我前一刻所寫的小說中登場的刑具。轉動附有把手、上頭突出無數根針的滾輪在背上開洞——那是小說中的「月矢」，每天在沒有血緣關係的妹妹背上反覆實驗的刑具，而且他還欣喜地向作家說明。但有個地方不同，芽瑠手機畫面中的那個東西，尺寸有點太小了。

儘管如此，現實生活中存在著具體呈現自己想像的物品，著實令人驚訝。宏之為什麼會有這張圖呢？

「這好像是某個網路商店的購買頁面。」

為什麼芽瑠會知道宏之的手機畫面資訊？

「唔，妳直接問本人就好了啊。」

我故意壞心地這麼說。當然，是要芽瑠本人坦承自己無法詢問當事者。如我所料，芽瑠說：

「不、不可能啦。其實，我是在小宏去上廁所的時候剛好碰到他的手機按鍵，才會不小心看到他的手機畫面，然後那個神奇的東西就……這種事情怎麼能跟本人說？」

真的嗎？她應該是一開始就懷疑宏之的性癖好，才會偷看他的手機吧？世上有一百種人就有一百種性癖好。才剛交往就察覺宏之的性癖好有奇怪的地方，也不是不可能的事。

「這世上很多人都能若無其事地偷看別人的手機，不會不能說啊。」

「你很壞耶，我說不出口啦。」

「是因為妳做了虧心事吧？」

我故意挑釁地問，芽瑠怒目瞪著我。

「像是剛才在教室裡的那個吻，妳也不會跟他說吧？因為心虛。」

「沒……沒這回事。我的確不會說，但那是因為沒必要節外生枝。」

「那麼，宏之也一樣啊。他不跟妳提這個物品，或許是因為不想節外生枝。」

「話是這麼說沒錯……」

芽瑠咬著下唇瞪著我。

「對自己不利的事就避而不談，卻很介意另一半的祕密。但自己又是趁對方不在的時候擅自看了他的手機，因為心虛，東想西想後只能用手機拍下來找人問問看。」

「你話可以不用說得這麼難聽吧？」

我勾起芽瑠的下巴，湊近她說：

「想聽我的看法嗎？但妳心裡已經有答案了吧？妳是為了消除那個答案才會來問我，沒錯吧？」

芽瑠的表情微微黯淡。她移開視線，恍惚地看著走進公園的貓咪，是黑貓。大概是因為很多居民會餵食的關係，這附近的貓看到人完全沒有逃開的意思。

「我不請你幫忙了。」

芽瑠像是很怕聽到答案似地從我身邊走開。

「等等，妳不聽我的答案也無所謂嗎？」

「不用了，我自己想。」

「想再多答案也不會變，那個怎麼看都像是——刑具。雖然缺點是有點小，但就方便攜帶而言，體積小也可以算是個優點。」

芽瑠停下打算離開的腳步。

「你就不能騙我嗎？」

這句話說明了一切。我慢條斯理地回答：

「我不像妳，不太會騙人。」

4

公園的冰淇淋店「巨怪」裡，沒有我們以外的客人。我也是第一次知道在這種地方有這種店，因為店家招牌上的文字已經風化得看不清楚了。

這間店簡陋至極，不但因為客人滴到地板上的冰淇淋而冒出許多蟲子，整間店還散發著某種酸味，就算是說客套話也很難說它乾淨，彷彿像迷失在陌生人的惡夢中。

店裡的甜筒已經潮濕發軟，相反地，冰淇淋卻神奇地很硬。我完全能理解這家店沒有客人的理由。不過要討論疑似刑具的可疑物品，這種三流的店剛剛好。

「妳在這之前的經驗是？」

「咦？」

芽瑠邊舔冰淇淋邊發出驚訝的聲音。

冰淇淋從甜筒下方「啪嗒」一聲滴落。芽瑠慌慌張張地擦拭，但冰淇淋又滴了一滴。芽瑠無奈地含著甜筒尖端，輕輕吸著裡面的冰淇淋，那是略帶性感的舉動。

「我說經驗，上床的經驗。」

「白痴……大白天的你在問什麼啊？」

「要襲擊對方的時候才會在晚上問。」

「你真的是……虧你能厚臉皮地在學校扮成天然呆的樣子。」

「呵呵。妳被我天然呆的演技矇騙，才在放學後跟我搭話還吻我。簡單來說，妳覺得看似沒有女性經驗的天然呆，很適合用來丟掉不需要的處女之身吧？」

「……」

「不用害羞啦。很多女生像妳這樣，大家都想脫處得不得了。妳不想讓認真交往的男生認為妳是第一次嗎？」

「我……又不是第一次……」

「別逞強，妳就是處女樣。」

「你找死嗎？」

以芽瑠來說這是很犀利的反擊。或許差不多是我們可以敞開心胸談話的時候了。

「這只是我的推論。妳想在和宏之上床前捨棄處女膜，今天才會接觸我。如果是普通男朋友，妳可能也不會想隨便拋棄處女身，但是妳看到了那個刑具，覺得以初次對象來說，宏之的性癖好稍微有點專業。在不安的驅使下，妳打算至少提升一些經驗值，才會找我這樣子的目標——當練習對象。」

「我不知道你有自我陶醉的傾向呢。」

「我不知道妳有偽裝自己的才華呢。不過，在偽裝自我方面，沒有人能贏過女高生就是了。」

我打了個呵欠。

「總而言之，我同情妳。沒想到平常敦厚的宏之，其實是會想對妳使用刑具作樂的超級虐待狂。這個男朋友很不適合初級班。」

「這不過是推測罷了。」

「沒錯，只是推測。這樣子好了，妳能給我一點時間嗎？到明天為止前，讓我來調查吧。」

欺負芽瑠已經欺負得夠多了，我差不多該放下身段。重點是，我也對真相很有興趣。

「你嗎？」

「我不是好心才調查的。我現在不為了某種目的動一動，好像就要發瘋了，所以幾乎是為了我自己，讓我調查吧。」

芽瑠輕輕點頭，順從的樣子非常好。

「拜託你了。不過希望你盡可能在今晚前調查好。」

「今晚？」

「我晚上七點要去小宏家。他說今天晚上爸媽不在家，要為我下廚。他說：『我想讓妳開心。』」

「讓妳開心……嗎？意思是在妳成為飼料前，時間緊迫啊。」

「拜託了……這種事我沒辦法拜託別人。」

「那告訴我吧，那個變態男朋友這個時間可能會在哪裡出沒。」

「好。」

芽瑠吃完低劣的冰淇淋，小巧的舌頭舔掉沾在指尖上的奶霜後，告訴我宏之的所在位置。

5

一個小時後，我搭上公車。

從「所無站」搭公車晃個二十分鐘左右便會抵達我的目的地，大型居家賣場「Penalty」。這裡販賣家具、電器、工具、居家雜貨、派對用品、玩具、精密儀器，以及其他林林總總的東西。頂樓還有避人耳目、經營成人商品的專區。

雖然不知道宏之為什麼去那種地方，但我的腦袋已開始推論。

芽瑠事先下載了可以用GPS得知所在地點的APP，然後也讓宏之下載相同的APP註冊，因此可以知道宏之的所在地。

根據APP，宏之似乎還在「Penalty」。要是宏之在我前往賣場的途中移動到別處，芽瑠就會迅速通知我。

芽瑠目前為止沒有聯絡，也就是說宏之還在「Penalty」。

突然間，我感覺到背後有股視線。回過頭，公車上坐滿了人，我看到最後面有道狀似少年的身影，身穿畫著龍的棒球外套，頭上帽子壓得低低的。我在哪裡見過他嗎？不，是錯覺吧。

我轉向前方後又感受到視線，再次回頭。然後，我看出那名狀似少年的人，是將長髮挽起藏在帽子裡的架能風香。

我筆直走向她身邊。

「小姐，一個人嗎？」

「……你在學誰啊，好刻意。」

我坐在她身旁，從胸前的口袋裡取出糖果。

「要嗎？」

「……要。」

我已經調查過她喜歡甜食。我打開糖果包裝，拿到她的面前說：「來，啊～」風香乖乖張嘴，我將糖果放入她的嘴裡。

「蜂蜜口味，好懷念喔。」風香說。其實她說的是：「烘嚁口聶，吼還念喔。」

「妳今天沒戴安全帽耶。」

「戴安全帽的話就沒辦法變裝了吧？」

風香嘴巴鼓鼓地含著糖果回答。

「原來如此。」

言之有理。風香果然在跟蹤我嗎？神奇的是，儘管這顯然是跟蹤狂的行為，卻完全感受不到其中理應伴隨的對我的好感。實際上她到底是怎麼看我的呢？

「妳從什麼時候開始跟蹤我的？」

「很早開始。你真受歡迎呢。」

難道說是從放學後的那個吻開始嗎？雖然我一瞬間如此思考，但又覺得不可能。風香請假沒去學校，不可能目擊那個場面。這麼一來，推測她是從我自家門前拉著芽瑠的手奔跑開始跟蹤的比較妥當。還是說，是從「巨怪」開始呢？

時隔許久見到風香，比起她看到我和芽瑠見面所受到的衝擊，這幾天的戒斷症狀獲得舒緩更令人值得感謝。身體就像打了抗毒血清般輕鬆，症狀好轉。

「為什麼妳之前都沒來學校？」

「跟你有關係嗎？」

「有啊。別看我這樣，我是很認真地喜歡妳喔。」

「我不在，你不是意外地玩得滿開心的嗎？」

她是指我和芽瑠的關係吧？我或許可以將這句話當成風香在嫉妒而開心，可惜的是，從她瀟灑的態度中，完全感受不到一絲絲類似嫉妒的黏性。硬要說的話，感覺她只是在觀察與報告觀察結果。算了，只要她沒有討厭我就還有機會。

「妳誤會了，其實……」

我暫且先將和芽瑠的談話內容告訴風香，接著，將芽瑠手機傳來的那張道具圖片秀給她看。

風香聽完後，暫時拿下帽子，整理一下頭髮後再度戴上。她的頭髮挽得很整齊，我第一次看到風香的後頸，她的後頸予人一種神聖感，就像前幾天在美術課本上看到莫內畫的睡蓮池一樣。

很顯然，我對風香的評價似乎比之前更高。或許是因為她不在才提升了她的存在價值吧。話雖如此，我並不會說這就是戀愛。

「也就是說，你在跟想見我的欲望奮戰時被芽瑠親了，結果落入被迫解決她煩惱的境地對吧？」

「……嗯，簡單來說是這樣。」

「你認為我會相信這種話嗎？」

感覺她不像在責問，頂多只是提出疑問。

「妳會相信。因為妳應該知道我只會對妳說實話。」

風香凝視我的雙眼，接著「呼」地吁了一口氣說：「真不要臉。不過你說對了。我很少會懷疑人。」她迅速掃視一隻手上拿著的卡夫卡文庫本。風香快速移動眼珠，攝取幾頁的分量。

「妳到哪都在看卡夫卡呢。」

「如同你對我上癮一樣，我是卡夫卡成癮，所以必須定期攝取卡夫卡。」

攝取——沒有一個詞彙比這更恰當了吧。她攝取文字，抑或者，她攝取卡夫卡。我攝取風香，她攝取卡夫卡，我們三個人就是這種關係。這不是戀愛，是中毒的三角關係。

「先不管宏之在網路上想買的道具是什麼，我們先思考一下刑具的歷史吧。」

聽到風香的話，周圍的乘客驚訝地回頭看她。這種美少女突然說出「刑具」，任誰都會看她。這個世界就是這樣。

「所謂的刑具是什麼呢？是用來拷問的器具。所謂的拷問，是為了達到某種目的，剝奪對方的自由後，對其強行施加精神上乃至肉體上痛苦的行為。不管是獵巫還是異端審判，從古至今，世界各國一直都有實行各種拷問。因為中世紀時，犯人必須招供才可以判刑。然而，追根究柢，為什麼拷問會需要刑具呢？」

「……為什麼？不是為了折磨犯人嗎？」

「舉例來說，有一種東西叫『拇指夾』。將大拇指夾在類似小型斷頭台的東西上，用螺絲一點一點夾緊。紐倫堡的『鐵處女』更殘忍。它在能裝進人類的容器門上釘上無數根釘子，一關上門，裡面的人就會被刺穿。」

我光想像就快要昏倒了。

「雖然會大量出血卻死不了，受刑者應該很痛苦吧。但是，你覺得這種刑具合理嗎？想折磨人的話，應該只要用繩子綁住目標，拿刀子一點一點傷害對方就好。我認為，發明各式各樣帶來痛苦的工具，已經屬於快樂的領域。」

「快樂啊。是這樣嗎？我不這麼認為。我覺得，傷害別人是精神上十分痛苦的一件事。因此，過去是為了減少那種勞力才會發明刑具吧？另外，也是因為在產生刑罰概念的時候，需要某種程度上的處罰不是嗎？」

「當然，一開始是有這種需求吧。」

「一開始？」

「沒錯。不過當刑具發揮出效果後，折磨方法的種類便開始增加。那是打著『為了達到目的』這個口號的快樂。我說的快樂，是一種沒有人會承認它是快樂的形式，跟戰爭是一樣的理論。」

「戰爭是快樂嗎？」

「就算沒人會承認，但所謂的戰爭，大致上都是基於掌權者個人的快樂。如何傷害對方？征服對方？如果目的是征服，應該只要在最小的範圍內勉勉強強給予對方痛苦就可以了。然而實際上，刑具不僅未施加最小程度的疼痛，實際上大部分的重點，都是在不致死的範圍內製造無限的痛苦。這些行為再怎麼以正義和法律為名，都只是從『虐待』發展出來的創造罷了。」

「妳這個看法等於否定法律中的刑罰吧？雖然我們國家現在除了死刑以外，沒有別種拷問就是了。」

「是啊。在對方身上造成痛苦的刑罰，流露出國家想讓犯人懷抱痛苦、將對罪行的悔恨刻在身體上的潛意識。即使只是想逼問出某個事實，結果也是一樣。這麼做只會讓暴力的種類因自身利益而無限擴張。詳細記錄這種刑具的內容，一定可以看穿人類的某一面。」

「也就是說——妳想說的是，這就是卡夫卡會寫《在流刑地》的理由吧？」

「嗯。卡夫卡是發明家喔，他很清楚看什麼東西可以發現人性，所以才會詳細書寫刑具。藉由某種程度病態地描寫刑具系統，得以接觸黏著性格的人類瘋狂的本質。卡夫卡知道，人類是從一開始便擁抱某種瘋狂的生物。」

「擁抱某種瘋狂的生物……」

我順著風香的話思考。以我為例，對風香中毒的我的確是抱著某種瘋狂的生物沒錯，而被卡夫卡附身的風香也是。

風香看著我從芽瑠手機收到的圖片繼續說：

「雖然不知道為什麼宏之想得到這種凶器，但假設這是刑具的話，宏之就是有一股欲望，想以某種冠冕堂皇的理由傷害什麼吧。」

「傷害什麼——妳是指芽瑠？」

「我不知道。不過他會去『Penalty』，就是為了買那個能滿足他瘋狂的器材吧。他一定是發現去店裡買比在網路上便宜。他對芽瑠說『我想讓妳開心』吧？那麼，宏之就是為了讓芽瑠開心而去『Penalty』的。」

風香事不關己地——實際上，這件事的確跟她沒有關係——說完後，再度沉浸在卡夫卡的小說中。

我則是因為她的一席話被帶入卡夫卡的迷宮。話說回來，就算宏之等一下真的要買刑具，我又該怎麼辦？我沒有理由阻止他。

而且重點是，芽瑠真的希望我阻止宏之嗎？

一個追求極為不人性工具的男人，一個接下來工具可能會用在她身上的女人。這裡還有一個要打探出男人心意的記錄者——或說是偵探。但偵探也不知道自己的目的是什麼。

我們正在做的事，真可謂是一場壯闊的卡夫卡現象。此外，偵探在這裡將一名卡夫卡成癮的少女捲入事件中。少女給了一連串沒有結論的卡夫卡理論，賦予它們荒謬的名字。

即使偵探走入尚未解開謎團的迷宮，依舊打了抗毒血清，獲得淨化。可喜可賀，可喜可賀。

公車停下，從車站走到「Penalty」需要兩分鐘。

「走吧。」風香說。

我點頭，抱起她，以防她在公車階梯上摔倒。

「唔，真輕鬆呢。」

風香果然沒有一絲因為公主抱作戰而心動的氣息，但她單純享受我示好的姿態，不知為何像牢固的皮帶揪住我的心，緊扣著不放。我可以說是在世上最美麗幸福的香氣包圍下接受拷問。

真是的，我到底怎麼了？

6

「可是，遇到宏之後該說什麼？」

我不認為直接問那是用來做什麼的器材他會老實回答我，而且我也還沒決定問了之後要怎麼辦。阻止他就好了嗎？如果他說：「這是交往中的我們兩人的事，你為什麼要插嘴？」我不就沒戲唱了嗎？

風香輕快地回答：「什麼都不要說就好啦。確認他是刑具狂後，將事情一五一十地報告給芽瑠就好了。」

「這樣芽瑠就不會跟宏之見面了嗎？見面的話，她大概會受傷。」

「如果雙方都應允，即使行為反常，也不容外人置喙。如果你對她沒有別的想法就什麼都不該說。如果沒有別的想法的話。」

風香特地強調最後一句。果然，在她沒有表情的面具下，多少有些嫉妒吧？

「聽我說，我真的對她沒有別的想法。」

「但你們感情還真好呢。」

風香背對我，腳步匆匆地一個勁兒往前走。

沒多久我們就看到「Penalty」。「Penalty」的外圍喧鬧得令人以為是柏青哥店，牆上似乎每天都會更新什麼商品在特價的資訊。

整棟大樓只有頂樓塗黑，連窗戶都使用黑玻璃。那就是成人玩具區吧。以防萬一，我確認了一下手機，芽瑠沒有打電話過來，宏之似乎還在店裡。

一走進店裡，風香馬上停下腳步，她拉著我的手躲在平底鍋區後面。我馬上知道她這麼做的理由，因為宏之正朝我們的方向走來。看樣子，他已經結束購物。

「剩下的就交給你，因為芽瑠是拜託你調查。」

風香鬆開我的手，我知道她是叫我「過去」。我靠近宏之搭話，盡可能自然地表現出巧遇的樣子。

「咦，宏之？」

「喔，爆炸頭。」

「竟然會在這種地方遇見你，好巧喔。」

我將視線移向宏之右手提著的紙袋，上面有「Penalty」的標誌，是宏之剛剛在這裡購買什麼的證據。

「買東西嗎？」

宏之聽到我的問題後微微臉紅。是因為心虛吧？不過，看他手指搔搔鼻下的樣子，似乎也帶著點驕傲。

「我為了討女朋友歡心，買了些等一下約會要用的東西。在這裡買比網路上買便宜很多。」

「唔，我可以猜猜看嗎？袋子裡是不是裝了會弄傷什麼的器材？」

宏之驚訝地看著我說：「你真清楚耶……要用這個開數不清的洞。」

「拜拜。」宏之說完，離開「Penalty」。

店裡的噪音彷彿將我拖進混沌的漩渦中，胸口騷動不已。宏之害羞的笑容深深印在我的腦海裡。那抹接下來要用刑具折磨女朋友的男人笑容

我無法阻止宏之。

7

「感覺好像做了什麼壞事一樣，我應該全力阻止宏之的。」

「Penalty」旁的速食店裡，我和風香並肩坐在一樓的高腳椅區喝著奶昔。外頭開始下起雨來。

「一直介意過去的事也沒用。」

風香悠哉地回答。

「話是這樣說沒錯……」

六月的雨演奏著憂鬱的音色，彷彿在召喚看不見的蛇。我抱著頭，痛苦地陷入絕望的自我厭惡中，相反地，風香則是心情愉悅地吸著奶昔。

「妳這句話很像是卡夫卡《在流刑地》裡的旁白。」

我想起了那個從頭到尾貫徹冷靜瘋狂的故事。

一名旅人見證了流放地的處刑。軍官向旅人解釋當地習慣使用的拷問機。這殘忍的刑具會在犯人身上刻字，直到犯人死前，需要花費整整十二小時的時間。

這台機器是前任司令製作，由軍官繼承，對軍官而言意義非凡。但機器受到批判，可能遭到廢止。為了這個刑具的將來，軍官請求旅人協助，然而，旅人看見機器中潛藏的慘無人性，拒絕了軍官。

於是，軍官若有所思地當場釋放犯人，將自己放在刑具上，啟動機器。然而，機器卻發生故障，沒有給予軍官長時間的痛苦，而是當場貫穿軍官。

「那個故事要告訴讀者的是，工具創造人類。」

風香用類似雨聲的音量說道。

「工具創造人類？」

「工具這種東西，是人類為了人類所創造。然而，人類製作的道具最後卻重新塑造了人類。其中，刑具孕育了人類的暴力，也在人類體系中打造出堅固的暴力監牢。」

卡夫卡用冷靜的目光洞視那種泯滅人性的器具的歷史意義。我們是殘酷的生物，總有一天，我們會因為自己製造的器具而滅亡。舉例來說，現代的人工智慧和人類的問題歸根究柢也是如此。ＡＩ會漸漸取代所有人類的功用，然後毀滅人類。正好與故事最後那個行刑的男人面臨的命運相同。」

「妳的意思是，宏之有一天會自食惡果嗎？」

將這次的事情套入《在流刑地》裡的話，感覺就會導向這種結果。不過，風香搖搖頭說：

「我不知道，只是在說根據《在流刑地》可以談論的內容罷了。跟我剛開始說的一樣，工具創造人類，之後要怎麼推論由你個人決定。我跟你不一樣，不擅長用小聰明將現實套入名為道理的鎖扣中。」

我接受風香對卡夫卡的剖析，順著她的說法思考。根據宏之的個性以及那個器材的性質來看——

「也就是暴力吧？所以我就說不該只是跟芽瑠報告，而是該阻止宏之。」

然而，風香再度搖頭說：

「就說不是這樣。」

「不是這樣？」

「你站在卡夫卡的角度來思考應該就比較容易明白。那個故事不是在談論暴力，它講的是沒有人性的東西影響人性的作用。」

風香拿出筆記本，畫下沒有迷惘的美麗線條，一瞬間就完成了芽瑠手機畫面裡的那個扭曲物品。

有著尖銳突起的滾輪，大小也跟原本尺寸一樣。我想像宏之牢牢握住那個把手，一口氣從芽瑠的脖子滾到後背的情景。白皙的背上出現無數紅點，既詭異，同時有種美感。

看著這張圖，我的腦海裡有什麼東西一閃而過。

我想起自己一開始看到這個器材的照片時有什麼想法。我當初是這麼想的——這東西要用來拷問人的話還真小。

也就是說，將那個東西當作拷問人類的刑具不是很不自然嗎？將它想成拷問人類以外的其他東西還比較合理。

可是，若考慮宏之要拷問什麼東西，答案又跑進十里霧中。

我用湯匙舀起奶昔送入風香的嘴裡。

「啊姆。」

風香吃得津津有味，彷彿眼前所有的問題都消失了一樣。

人類以外的什麼東西，是什麼？

腦海中浮現宏之露出微笑，拷問無生命物體的姿態，感覺比拷問人類還噁心。

8

「你看起來像是掌握到什麼答案的樣子呢。」

風香指著我的臉說道。我向她遞出加點的薯條。風香不發一語，將薯條拿到嘴邊，喝著奶昔。

「託妳的福，我看到答案了。只要考慮器材的效果，就能知道那是要拷問什麼的東西。拿這種滾輪在身上滾來滾去的話，全身上下都會開洞吧？如果對象是人，那些洞總有一天會復原，所以也不是不能拿來拷問，問題就是太痛了。即使那是基於快樂的行為也必須支付某些代價，因為這種行為在現代已經屬於犯罪的領域了。」

「的確，即使處於快樂的範疇，過度虐待也可能被視為犯罪行為而受到懲罰。現代社會本來就禁止拷問這種事。」

這個國家的現行法律中沒有拷問，只有死刑。人們也不是想利用以死為名的拷問來獲得什麼資訊，而是選擇死做為犯人的贖罪行為。其中應該不存在刑具令人體驗到的痛苦。

「『拷』這個字，就是用手讓人思考的意思對吧？」

風香突兀地說了這句話，那是類似自言自語的口氣。她接著說：

「後面接著『問』。也就是說，用手讓人思考、詢問的行為就是『拷問』。因為英文 torture 的字根是『扭』這個字，所以相比日本的漢字，更將力量的重點放在物質上。漢字將重點放在精神上，相對地，英文將重點放在行為和效果上。不過我認為就算過程相反，在『扭』這個行為上，就結果而言是一樣的。過去，就營運國家這種大型組織的意義上來說，拷問是無可避免的吧？不過，如果猴子群裡發生相同的事，我們能平常看待嗎？」

「猴子拷問猴子很不正常吧？因為人類是有智慧的動物，才會允許這種行為……」

「照你的說法，所謂的智慧，完全是一種開發強化暴力的工具、能夠制裁不好的同類的冷酷囉？」

我大吃一驚，因為我不知不覺間扭曲了智慧的定義。

「而我們平常不是都將這種冷酷形容為泯滅人性嗎？」

正是如此，這正是價值觀的扭曲。

不知不覺間，人類這個名詞的定義顛倒了。這讓我想起《在流刑地》中登場的軍官。我也在下意識中將自己歸為軍官的同類，受毫無人性的瘋狂驅使的那一種人類。

「原來如此……也就是說，妳是想說越是人類使用的刑具，越泯滅人性對吧？」

「就是這樣。而且你說『拷問人類以外的其他東西』？做那種事又沒意義。」

「也對。」

風香在解析荒謬寓意上領先一步，卻還沒抵達真相，這又是一件荒謬的事。因為我在她解開拷問定義的過程中，全力運轉腦袋而接近了真相。

我豎起手指試著說明：

「在碰觸這個問題前，我們先將已知的事情列出來吧。

・滾輪狀的器材上有數不清的刺。

・今晚宏之和芽瑠要在家約會。

・宏之好像想做菜給芽瑠吃。

・宏之想討芽瑠歡心。

・我問宏之那個器材的事情時，他好像很不好意思。

這樣妳還是不明白嗎？」

我目不轉睛地盯著風香的表情。她「啊」了一聲，慢慢回答：

「完全不明白耶，不要臉。」

9

「還有一個提示，為什麼宏之沒有向芽瑠提起自己要買那個器材呢？」

風香將薯條浸在奶昔裡，將那個恐怖的東西丟到我的嘴中，我邊吃邊說道。看來，風香將我拿來當追求技巧之一的事誤會成互相幫忙了。而且，回報我浸過奶昔的薯條，還真是意想不到的互相幫忙。

「我說過宏之的父親是格鬥選手吧？」

「嗯。」

「他父親一定從小就要求他『像個男子漢』。妳覺得對這樣的人而言，做什麼事會很不好意思？」

「……從父親的古老價值觀來看『不像男子漢』的事吧？」

「答得漂亮。也就是說，會隱藏那個器材，一定是因為它的用途『不像男子漢』，而那個『不像男子漢』的用途最後會讓女朋友開心。好，接下來我們從器材的構造來思考。滾輪這種東西，目的是轉動對吧？也就是說，那個有好幾個突起的滾輪要在某個生物或是物質上滾動。最後，如果是生物就會流血；如果是物質的話，恐怕會開洞。就算是成人玩具專區，也實在很難想像那種大型商店會賣傷害生物的道具。也就是說，那個器材是用來在某種物質上開洞的。」

「物質……是什麼物質呢？」

「宏之說要招待芽瑠一頓大餐對吧？順其自然思考的話，那個東西就是料理器具。」

「料理器具……？」

風香一臉晴天霹靂。由她給我的線索引導出的真相讓她自己大吃一驚，還真是神奇的狀況。

「假設，是為了在披薩皮上開洞的話呢？」

「披薩……？」

「做披薩必須在餅皮上開洞以導熱。如果宏之喜歡做菜，妳不覺得他會因為父親保守的價值觀，而認為把做菜當興趣是件丟臉的事嗎？」

「可、可是，有那種器具嗎……？」

風香半信半疑地用網路搜尋。

披薩、餅皮、開洞。

以關鍵字搜尋後，畫面上出現的器具與前一刻宏之給我們看的東西一模一樣。

「再會了，卡夫卡的現實。」

我根據風香的解析打開了現實的世界。再會了——荒謬消失，替換成合理且再清爽不過的結局。

我自動自發地繼續將薯條浸在奶昔裡吃。好糟糕的東西。

「啊，可是還有一件荒謬的事。宏之是個喜歡做菜的好青年這件事，不一定能討芽瑠歡心。」

「……啊。」如果芽瑠內心追求的反而是扭曲的精神，或許難以接受喜歡做菜這種太過健全的現實。「也是有這個可能。擅自打開男友手機、發現神奇器材的照片時，我就感受到芽瑠心中的黑暗了。因為她會故意找出男友隱藏的東西還拍下來。」

或許，芽瑠其實期望宏之是個本性扭曲的虐待狂。如果是這樣，喜歡料理的爽朗青年這個真相，不一定有正面效果。

「……你要怎麼向她報告？」

「就說宏之買了那個玩具，但沒有問題。」

這應該是最不虛假的報告了。關於宏之的本性，芽瑠自己慢慢了解就好。這是為了宏之，也是為了芽瑠好。芽瑠的內心微微透著黑暗，不用以開洞為契機，她的內心早已有一個洞。宏之能填補那塊缺陷嗎？

整理完一個卡夫卡現實，又一個卡夫卡現實朝我們張口。

希望宏之親手做的菜可以淨化芽瑠內心的扭曲。

希望芽瑠內心無數的空洞有一天能夠填補起來。

「啊啊，講這些事讓人都想吃披薩了。你讓我陪你到這個地步，是不是該請個披薩比較好？」

還真是明確的要求。明明奶昔和薯條都是我請的。但是，感覺不壞。

「車站前有一家新開的披薩店，我們順道去一趟再回家吧。」

「你請客對吧？」

「嗯……我請客喔。」

「太好了！」

風香開心地用指甲「喀噠喀噠」地敲著安全帽。聽著那道有節奏性的聲響，我感覺「日常生活回來了」。抗毒血清，風香淨化了我。

「妳為什麼一直請假？」

「沒什麼，跟你沒關係。」

風香這麼說，轉移話題。沒關係嗎？大概是吧。她還有很多祕密領域，有一大片我未知的世界。我不認識的她，大方露出我陌生的笑容走在我不熟悉的街道上。

前往「所無站」前披薩店的途中，已經傍晚六點，差不多是芽瑠前往宏之家的時候。我事前傳了一封訊息：『宏之買了刑具喔，不過不會發生令人擔心的事。』但芽瑠還沒有回覆。

過芙蘭橋時，我心中另一個聲音主張「今天內將風香納為己有吧」，說我不該浪費這麼好的情景。

然而，當我伸出手想抱住風香的瞬間，某個堅硬的東西抵住我的後背。

「少年，又見面了呢。」

是月矢的聲音。

「月矢哥……」

風香發出又像尖叫又像不知所措的聲音。

「我很擔心妳喔，回家吧。」

月矢輕輕握住風香的手臂，跨出步伐。

「請等一下，我們沒有做任何壞事。是朋友間……」

「少年，我不管理由是什麼，重點是你沒有聽我的忠告，以及風香平安無事。」

「月矢哥，是我自己拉著他到處跑的。」

然而月矢像是沒在聽風香說話似地盯著我。他微微一笑，轉身背對我離開。

這明明只是場健全的高中生約會。我國中時代還不曾有過這麼健全的約會。月矢說重點是「風香平安無事」，他之前預想了什麼樣的狀況呢？

這時候，風香抓住月矢的肩膀，捂著胸口，睜大的雙眼盯住一點不放。又來了，她總是這個表情。風香以前也經常出現這樣的瞬間。

「風香，我們馬上回車子裡吧。」月矢一說完，就抱起風香奔離原地。這段期間，我一句話也說不出口。與幾個小時前的痛苦相比，現在更加難受。我清楚明白了自己因為風香不在而感到絕望。

我清楚明白了任何東西都無法填補失去風香造成的空洞。每個人心中都有一個無法填補的洞。能夠填補那個洞的，或許永遠都只有一個真相。我發現了自己一直不承認的真相——我愛上風香了。

我走向披薩店，點了原本應該和風香一起吃的瑪格麗特披薩。走吧，然後吃吧。為了超越現在。

我相信，無限延伸的起司證明我和她之間微微的羈絆。

第三話　前女友變成毛毛蟲

1

那份「委託」突然降臨，是在酷暑有如鋇劑般黏稠的七月初某一天。

自從六月的那件事過後，風香再次沒來上學了。雖然她好像有時候會請學校讓她在保健室交作業，但不會來教室。學校說那主要是她「自發性」地想這麼做。

那真的是風香自己的意願嗎？不是月矢為了不讓她和我接觸的手段嗎？只要一思考，腦海裡就不斷出現這類疑問。為了抹掉這種懷疑，我倚靠文字來填補風香造成的缺口。跟國中時代來者不拒地追求女孩子相比，這是更友善環境的舉動，對我來說也是好事。

「你最近好像哪裡不太一樣耶。」

廣瀨浩二還是老樣子，「砰砰砰」地拍我的頭想聊天。溝通方式笨拙是聰明的人特有的缺點嗎？

我揮開他的手問：「什麼不一樣？」

進入七月，教室也差不多變得悶熱，三十名青春期的少男少女塞在其中，根本是地獄。班上女生用「簡直像待在火災現場」來比喻，教室吵成一片。「這麼說太不莊重了。」某個人說道，因為前一晚學校附近又發生火災。這是今年以來的第四棟建築物起火。天氣這麼熱，真虧縱火狂還會想點火。

「該怎麼說呢？感覺很振作。你最近不錯喔。」

浩二竟然會誇獎我，是有什麼企圖嗎？

「什麼啊？」

「是因為那個嗎？因為嘿美沒來的關係？」

嘿美，他指的當然是風香。因為戴著安全帽「helmet」，所以叫「嘿美」。不知不覺間這個神奇的綽號就在班上流傳開來了。我覺得那是個還不賴的綽號。嘿，hell，地獄。或許她真的是從地獄現身來誘惑我的吧。

「我不是說過我和她沒有任何關係嗎？」

「呵呵，是嗎？雖然你裝得一副天然呆的樣子，但你的真面目大概不是這樣。」

浩二把手伸向我亂翹的頭髮。

「還有，這顆爆炸頭。與其說是睡亂的，其實是用髮膠固定的吧？你想用天然呆

當作本性的保護色。你的目的是什麼？」

「……啊？保護色是什麼？食物嗎？」

我決定裝傻裝到底，然而浩二不肯輕易放棄。

「真頑固呢。那我來推測一下吧。我想，你國中的時候雖然來者不拒地追求女生，但其實很渴望真愛。因此，為了得到真愛，你的目標是以天然呆的形象重新出發。我猜對了嗎？」

浩二的觀察真敏銳。如果說有什麼要修正的話，就是我不是為了得到愛才假扮天然呆的形象，而是在扮演天然呆的時候，愛上了架能風香。

「你說的都是誤會。我只是因為頭髮亂翹得很嚴重，要抹髮膠才能勉強控制到這個程度。我國中時很受歡迎這件事是謠言啦，一個哏。像我這種笨蛋會受歡迎，不是很好笑嗎？所以只是大家那樣鬧而已，實際上我根本不受歡迎。然後，我沒有在談戀愛，尤其是沒有喜歡那種戴安全帽的奇怪女生。要說我有什麼改變的話，是早餐吧？我不吃麵包改吃穀片了。穀片很好吃，很推薦喔。」

我裝傻到底回應後離開浩二身邊，卻察覺到自己心境的變化。我現在為了風香，一心反覆練習文筆，在掌握卡夫卡的書寫方式中掙扎。為此，連《美食獵人》和《航海王》都戒了，之前考慮買下整套《請叫我英雄》的事也暫時拋到一旁。唯一的娛樂，頂多是每星期看一次電視節目「偶像挖掘鑑定團」。

成為卡夫卡是道困難的課題。只是依樣畫葫蘆是行不通的，只會成為卡夫卡的劣質複製品。我必須繼承卡夫卡的精神，徹底確立個人的寫作風格。「致敬」當然很重要，不過風香又不是叫我寫出向卡夫卡致敬的作品，而是跟我說「請你成為卡夫卡」。換句話說，就是成為與卡夫卡相比也不遜色的作家。她對區區一個高中生下達多麼龐大的命令啊。

總而言之，言而總之，我自己在回答這個天大難題而切磋琢磨的過程中，的確一點一滴地改變。不同於過去誰也不愛、只講道理、冷眼看世界的時候，我現在會注意生活中的各種荒謬，真摯面對與這些荒謬相關的癥結。一切都與我愛上風香這件事息息相關。

我的注意力單純地轉往寫作。就某重意義而言，我現在過的日子，前所未有地平靜、安穩。

然而那天放學後，因為某個突如其來的麻煩委託，我寂靜的日常生活突兀地畫下句點。那個委託，就像暑氣中醜陋的海市蜃樓般令人暈眩。

2

我走在回家的路上，經過芙蘭橋時，背後突然傳來一道聲音。

「你是深海楓學長吧？」

會稱呼我這個高一生為學長的，也只有國中的學弟妹。我回頭確認，一名陌生的少女站在那裡。雖然她穿著我國中的制服，但不管我怎麼搜尋記憶也不認識這位少女。是學妹嗎？

「我是。」

「我叫如月彌生。」

「如月……」

我下意識地對這個姓氏感到無言。因為這是我國中時交往過的女友姓氏，我們當時交往了半年左右。那個少女繼續說：

「我是如月詩織的妹妹。」

「……是嗎？我就覺得是這樣。」

所謂討厭的預感，就是大多會成真。

之所以對彌生有戒心，是因為我和詩織分手時分得不太好。

兩人交往的最後三個月，我到處在躲她。儘管我已經在我們經常約會的S公園提出分手，她卻硬是說無法分手。我不知道該拿她怎麼辦，一直躲她躲到畢業為止。

朋友雖然說我「逃脫成功」，但直到春假結束，四月大家念了不同高中後，我的心情仍然沒有平復，因為不知道她哪天會不會闖入我家。

「詩織還好嗎？」

「……其實，關於這件事我有話想跟你說。」

看吧？來了。我提高戒備。詩織之前一直不肯分手，這次她又找了什麼藉口，派妹妹來想挽留我嗎？

「邊走邊說可以嗎？在這邊有點不好意思。」

我們現在站的地方，是一棟總是被誤認成摩鐵的粉紅色診所前。高中生站在這邊說話，不知情的人見狀，很有可能誤以為我們在談些不可告人的事。

彌生表示同意後，配合我的腳步邁出步伐。

然而，彌生口中吐出來的話語完全出乎我的意料。

「今天早上我醒來以後，發現姊姊變成毛毛蟲了。」

「嗯……妳剛剛說什麼？」

人類只要聽到太過難以置信的話時，大腦就會判斷是聽錯了。雖然聽進了那些話

語，但大腦認為「不可能」，下達反問的指令。

但彌生一字不差地重複相同的話說：

「今天早上我醒來以後，發現姊姊變成毛毛蟲了。」

「……妳剛剛果然是這樣說的呢。」

我嘆氣，將彌生拉到路邊小聲地問：

「妳老實說，妳姊姊拜託妳什麼事？」

「是真的，姊姊變成毛毛蟲了！」

彌生用彷彿寫著「純真」二字的眼睛看向我，反覆強調「請相信我」。還是堅持這麼說啊？到現在還這麼認真地主張非現實的事情，感覺妹妹也很貫徹始終，是個不太妙的人，枉費她長得這麼可愛。

「那妳給我看看證據。」

我放棄地說。今天體育課上游泳已經很累了，加上我得早點回家繼續寫小說。

彌生看起來有一瞬間猶豫，但最後說：

「你現在能來我家一趟嗎？」

「妳家？不要。我不想見到妳姊，死都不要。」

這是真心話。縱使法律規定我必須跟她同住一個屋簷下，我也會一輩子不跟她見面。我就是不想見詩織到能下定這種決心。

「就說了，你不用擔心這件事。」

「抱歉？妳說什麼？去妳家的話，就算她外出好了，也不能百分之百保證我們不會碰個正著吧？」

「百分之百保證，你不會碰到人類樣子的姊姊。」

「……妳之後可能會跟她說我去妳家了。」

「我不會說。應該說，我無法說。」

「無法說？」

「對。就跟我剛剛說的一樣，姊姊已經變成毛毛蟲，連話都無法說，所以你可以放心。」

什麼時候卡夫卡的現實覆蓋了這個世界的現實呢？詩織變成毛毛蟲，她漂亮的妹妹來見我？

「我知道了。總之必須去妳家一趟對吧？」

雖然心想：「深海楓，你在說什麼啊？」但話已出口，後悔也來不及。要說藉口的話，這時的我是這麼想的——雖然彌生感覺腦袋有點不太正常，但似乎沒有惡意，去她家確認後馬上回家的話，應該沒問題吧？

「妳能跟我保證，這不是妳姊姊的陷阱嗎？」

彌生認真地看著我的眼睛回答：

「我保證。」

「……知道了，走吧。」

就這樣，我久違地朝如月詩織的家前進。然而，行進途中我很憂鬱，連彌生偶爾說的話也沒有認真聽進去，只是回想起和詩織那些彷彿令人窒息的約會。她真的變成毛毛蟲了嗎？

不可能。

不可能——才對。儘管如此，現實卻在動搖，是因為陽光太耀眼了嗎？還是因為太熱了？恐怕兩者皆是吧。

只有一件事很肯定。無論如何，七月這個時節是養毛毛蟲的絕佳季節。

3

前往詩織家的路上會經過一座菸草工廠。散發寂寥氛圍的低矮建築物周邊，突出好幾條管線，令人覺得那才是巨大毛毛蟲。工廠飄散著濃濃的菸草味，單單只是路過，味道就會沾染在衣服上好一陣子。

「從小聞菸草味長大的話，在沒有菸草味的地方就會莫名地無法靜下來喔。」

詩織這麼說，總是在鉛筆盒裡帶著沒抽過的香菸。她雖然不會抽菸，但在S公園約會時也會拿出香菸湊近鼻尖，當連這樣也聞不到菸味後，她便用剪刀剪掉香菸前端，嗅聞香菸的氣味。我從詩織這種舉動感覺到她異常的性癖好。雖然那不是造成我和她分手的直接原因就是了。

詩織家出現在眼前，那是一棟兩層樓的磚造建築，即使在菸草工廠更深處的廣大住宅區中也算特別大的房子。磚塊的顏色就像灰色和咖啡色的夫妻長年相處後，變得越來越像彼此的微妙色澤。印象中，我曾經看過這種顏色的茶毒蛾，卻想不起來是在哪裡看到的。

詩織的房間在二樓，我沒有進去過。我只有送她到家門前兩次左右。我想起來當時她指著窗戶說那是自己的房間。

——要上去嗎？

耳畔響起詩織那時候的聲音。記憶裡，那道感覺得出別有企圖和在那之外更強烈意思的聲音，令我意志消沉。和不該交往的對象發生關係後深深後悔的記憶，隨著時

間流逝，也不停增加我的痛苦。

即使用「喜歡」兩字一語概括，喜歡的輕重也因人而異。就算最初以甜蜜開心的心情開始，但有人會將這段感情視為一輩子的終點。談這種戀愛的人，會漸漸不在乎戀愛對象的人生觀，無論如何都要竭盡所能掌握對方的一切。我從詩織的話語和眼神深處看到的，就是這份執著。

所以我逃開了，盡全力逃開。

然而——我現在又回到這裡。

視覺刺激著記憶。啊，那是什麼時候送她回家的事呢？那時詩織趴著般將身體貼上她家的磚牆。

——你也這樣試試看吧？非常香喔。

據詩織的說法，那些磚塊似乎深深浸染了菸草的味道。

我當然拒絕了，因為我當時已經覺得她的舉止很噁心。我應該是在那幾天後提出了分手。

「話說回來，妳長得很漂亮耶。雖然妳姊姊也很美，但妳比她更……」

「美嗎？」彌生打斷我的話。

「嗯，對啊。」

其實我不是想講這個，我嚥下去的話是「不自然」。極致的美，但僅此而已。就像都市裡的大樓，是一種感覺不到任何東西的美。

「因為我就是那樣的存在，沒什麼了不起的。對了，學長，高中生活開心嗎？」

彌生邊說邊深呼吸了一口氣，彷彿要將飄散在附近的濃濃菸草味全部吸入肺裡。

「幹嘛？這麼突然。」

「我一點也不開心。」

「這樣啊……妳是考生嘛，加油。」

「好的！」

她的眼睛閃閃發光，明亮得讓人有種錯覺：「現在的偶像中是不是有這個人？」另一方面，也覺得這種可愛很人工。實際上，就算說彌生是偶像我也不會驚訝。現在這個時代，每間學校都有一、兩個出道的偶像，我們學校應該也有好幾個吧。偶像的門檻降低，不管是誰都能當偶像的可能性提高了。

市場有需求，就會有供給。當然，競爭也會變得極為激烈。女生為什麼會想當偶像呢？明明不用沐浴在別人的尖叫聲中也可以活得閃閃發亮。

我站在如月家的大門前。咖啡色和灰色磚塊的色彩，相持不下的情況比一年前更劇烈。彌生則像她姊姊過去那樣，將身體緊貼在牆上嗅著磚塊的味道。

「學長也試試看。」

「不，不用了。」

「心情會很平靜喔。」

「我一直都心如止水。」

彌生當作沒有聽到我的回答似地，馬上從我身上撇開視線。不過，她立即恢復笑容離開磚牆前，愉快地說：「我帶你進去。」彌生推開大門，小跑步穿過一路延伸到玄關的石階，打開玄關門。我在彌生的招呼下，跟在她身後。

「我回來了～」屋裡的寂靜吸收了彌生的聲音。

過一會兒，一句「好～」終於遲遲回應。

「打擾了。」

我把鞋子放好，走進室內。

「妳姊姊的房間好像在二樓對吧？」

「你記得很清楚呢。」

「嗯，我第一次進來就是了。」

「這樣啊，原來如此。姊姊的房間就在我的房間對面，我帶你過去。」

彌生開始爬階梯，短裙下有雙修長的腿。階梯盡頭是光線幾乎照不到的世界，陰暗潮濕。越往上走，菸草味顯得越強烈。

那裡會有毛毛蟲在等我嗎？

不久，我終於在彷彿會浸染到全身上下的味道中，抵達過去不曾踏足的陰暗世界。

腦海中浮現尚未看到的毛毛蟲。不可能的光景。那麼，什麼景象才是有可能出現的呢？對了，如果這是陷阱，實際上在那邊的就不會是毛毛蟲，而是詩織本人，或許她還會拿尖銳物品威脅我。管他的，我沒有蠢到會輕易被那種東西打倒。我會巧妙地避開，這次一定要用肯定的話語宣布分手。這樣事情就會結束、落幕。

房門開啟，我倒抽一口氣。

房裡沒有詩織的身影。

窗簾將房間遮得密不透風，放在角落的桌燈是昏暗室內的唯一光源，桌子上鋪滿乾燥的菸草。

好幾隻毛毛蟲匍匐在菸草上，有刻著黑色與綠色條紋的毛毛蟲，也有全身深綠色的毛毛蟲。大家盡情扭動身軀，伸縮前進。雖然這些毛毛蟲沒有誇張到會出現在卡夫卡的某個故事裡，但每一隻看起來都接近五公分，體型在毛毛蟲裡屬中上。其中，有隻長得特別大的毛毛蟲，只有這隻毛毛蟲的大小壓倒性地和其他隻不同。牠極為優雅

地扭動十五公分左右的身軀，壓在其他毛毛蟲身上，自顧自地來回移動。

「這是，詩織……？」

好大、好肥碩的毛毛蟲。

「其他毛毛蟲是姊姊本來養的。姊姊很喜歡菸草味，知道有昆蟲跟她一樣喜歡菸草後，就開始養棉鈴實夜蛾。這是兩個月前的事。我想，姊姊大概是因為念高中後再也見不到學長太痛苦，才開始尋求新興趣。」

想不到詩織為了斬斷對我的依戀，竟然開始養棉鈴實夜蛾的幼蟲。一股惡寒竄過背脊。想到自己被拿來跟毛毛蟲相提並論，心情實在很詭異，令人無語。

「可是，今天早上我醒來後，姊姊消失了，而且，房裡像是取代姊姊似地出現一隻從來沒看過的巨大毛毛蟲。我查了圖鑑，那好像是一種叫人面天蛾的蛾類幼蟲。」

「天蛾……？」

「一種十分巨大又醜陋的蛾。希臘名字叫 styx，那一條環繞冥界的河流。我認為姊姊是不是為了表達她對你的感情已經到了無法待在這個世界上的地步，才會變成以環繞冥界的河川為名的毛毛蟲呢？」

「妳認為……」

的確，跟其他毛毛蟲相比，那隻毛毛蟲的模樣看起來特別不祥、詭異。彌生暗示這個醜陋的「變身」是我造成的。

「你討厭這樣的姊姊嗎？」

彌生笑咪咪地問。雖然嘴裡那樣說，但感覺她已經接受姊姊是毛毛蟲的現實。

「……如果這真的是妳姊姊的話。」

我用所剩無幾的理智回答。房裡的氣氛很恐怖，只要待在這個異常的空間中，似乎就會不小心把彌生的話當真。但若冷靜思考，詩織根本沒道理會變成毛毛蟲。

然而，彌生意外地看著我說：

「那是姊姊啊。否則，姊姊就是從密室中蒸發了。因為我早上醒來的時候，房裡的窗戶全都鎖著，玄關也是鐵鍊拉起來的狀態。對吧，姊姊？」

大毛毛蟲沒有回答，只是滑溜溜地伸縮身體，慢慢前進。

此時，房門「軋」地一聲打開，一名身穿圍裙的中年女性出現在門前，是詩織姊妹的母親吧。這名中年女性若是化妝的話應該滿漂亮的，但生活的辛勞重重壓在她肩上，讓她無法盡全力留住那份美。

姊妹倆的母親板起臉，加深眉間原本的皺紋。她的視線落在蟲籠裡匍匐前進的毛毛蟲上說道：

「詩織，妳又不念書在那邊……和這麼醜的……」

「媽媽，妳不要說這種話！」

她們的母親用畏懼的眼神盯著那隻特別大的毛毛蟲——詩織。毛毛蟲「詩織」蠕動著宛如苔蘚般的花紋，以觸覺尋求飼料。母親像是再也無法忍耐厭惡般轉身，丟下一句：「趕快收一收丟掉。」彷彿沒有注意到我的存在似地下樓了。

確認母親不在後，彌生馬上將「詩織」放在手上。

「姊姊，楓學長來了喔，妳不高興嗎？」

我下意識地後退半步。

「學長。」彌生轉向我，若有所思地用力將「詩織」遞到我眼前說：「這是我姊姊，你可不可以將這個可憐的姊姊放在手上呢？一次就好。」

將這隻巨大的毛毛蟲放在手上？我往後仰，又退後半步。

別說笑了。我激動地搖頭，搖了好幾次、好幾次。

綠色毛毛蟲在彌生的手中左右扭動，看起來就像——盯著我不放的樣子。我的身體開始發癢。這不是個好預兆。我從小就很怕昆蟲，一接觸昆蟲便會全身發癢，嚴重的時候還會起疹子。

「我……我要走了……再……再見。」

「咦？等一下。」

「我要走了。」

我逃了開來。這裡不宜久留——我有這種感覺。待在這裡的時間越長，感官就會漸漸遭到這個空間汙染而變得越奇怪。

「學長，你果然討厭姊姊呢。」

我開門步向階梯時，身後傳來這句話。

「咦……」

我伸向樓梯扶手的手上已經冒出紅色斑點，我好像應該直接去皮膚科。但是本能告訴我，這種收場方式不好。用這種方式離開的話，不如一開始就不要來。如果不想再有任何瓜葛，我應該說出比以往更明確、更能和詩織斷絕關係的話。

然而，下一瞬間彌生說的話，令我的頭腦一片空白。

「那學長可以跟我交往嗎？」

詩織的妹妹向我告白。仔細想想，或許當她跟我搭話的那一瞬間，我就該稍微考慮這種可能。面對出其不意的這句話，我只能回問對方：「啊？」

「我一直喜歡學長，這樣的姊姊已經怎樣都無所謂了。」

彌生丟出掌心上的毛毛蟲。

「詩織」緩緩在窗邊的書架上著陸後，攀上橫放的字典。

「老實說，我也討厭姊姊，所以她變成毛毛蟲正合我意。你可以忘記這種姊姊，和我交……啊！學長！請等一下！」

一回神，我已經衝下樓，心想必須盡快離開這裡。幸好門鎖是開的。

我連鞋子都沒穿好就奪門而出。

感覺夕陽發現了我，要將我捉住。真是愚蠢的想法，夕陽就是夕陽，其他什麼都不是。

事到如今，連如月彌生美麗的外表都令人感到毛骨悚然。那股黏著的氛圍、彌生靠近我時散發的激烈負能量，很顯然地令人萌生不悅的感覺。不過，我不明白那股不悅來自何處。

回想起剛剛的情景，身體不住打顫，此時背後傳來一道聲音：

「爆炸頭就像光源氏或是唐璜呢。」

「哇！」

我還以為心臟要掉在路上了。

一回頭，戴著安全帽的架能風香就站在那裡。

戒斷症狀一口氣舒緩，身心獲得滿足。風香雙臂環抱在胸前俯視著我，看起來稍微比以前瘦了些。她的膚色不是高中生在這個季節自然會形成的小麥色，而是宛如從天而降的雪花般白皙。

她塞進安全帽裡的黑髮和迷你裙下的修長雙腿踐踏著我的心。原來如此，這就是戀愛嗎？仔細想想，這是我認知到自己愛上風香後第一次和她見面。

我一說「ＬＯＶＥ」，她馬上回答「卡夫卡」。

明明不對。ＬＯＶＥ、卡夫卡，什麼暗號啊？

不過風香的臉頰看起來稍微染上了紅暈，儘管那可能只是夕陽照射的關係。

4

「你又要找藉口了嗎？」

風香靜靜地閉目問道。我們現在正位於距離如月家所在區域相當遙遠的速食店「麥卡爾當勞」內。店裡裝飾了幾張老派的爵士唱片。這幾年，老闆想走高級路線挽救近年來的虧損，拚命做了這些有點微妙的改裝，但畢竟這裡是主打便宜的速食店，感覺實在不搭調。

「說什麼藉口……太難聽了。」

我邊說邊按摩風香的手掌。

「嗯嗯，那裡那裡，太棒了，甚好甚好。」

「妳的國語好奇怪。」

「啊，有點痛，好痛，我說好痛！」

「痛的地方就是有問題的地方，必須好好按開。」

風香痛的是心臟的穴道，之後在我按到呼吸系統的穴道時也發出慘叫，按摩在此暫告一個段落。

「真的不是藉口啦。」

我甩甩手消解疲勞後，大口大口吃起麥卡爾香堡。

「是藉口吧？噫！」風香邊將麥卡爾脆薯塞進我麥卡爾奶昔的吸管裡，邊把鼻子湊近我的衣服說：「菸草的味道。只要在那一帶逗留一段時間，衣服就會染上這個味道。我討厭這個味道，所以不太想去那個區域。」

「但我們在那裡碰面了吧？」

「那是因為我跟蹤你。」

她的氣勢彷彿在說：「你在說什麼理所當然的事？」同時，風香又往我的吸管塞了一根麥卡爾脆薯。

「妳這樣塞的話，我就不能喝奶昔了。」

「你活該。」

「好過分。不，這真的不是藉口。我剛剛會在那邊，是因為有人拜託我去看看她姊姊的狀況。」

「是新型的藉口呢。無所謂，你是想和各種女生玩玩的男生，本來對我也一定不是真心的吧。」

的確，直到上個月為止，實情就如風香所說，我只是想追追看她而已。然而，現在不一樣了。我很明確地愛上風香，不，應該是大概愛上風香了。

這是戀愛……嗎？

仔細想想，由於我過去從沒有戀愛經驗，所以沒有很明確的自信斷言這到底是不是戀愛。話說回來，一般人是怎麼區別戀愛與不是戀愛的心情呢？

「就跟妳說不是這樣了嘛。」

無可奈何，我決定坦白一切。我在風香的嘴裡放入一根薯條。她乖乖張嘴接受。

「那個人是我前女友的妹妹。」

「你好像有數不清的前女友呢。」

「嗯，但終究是『前』女友。」

「你想對前女友的妹妹出手嗎？」

「怎麼可能？渴望她當女朋友的人就在眼前，我才沒有那個閒功夫去碰前女友的妹妹。」

風香面無表情，對我說的話回了一句：「嗯，你很會說嘛。」又塞了一根麥卡爾脆薯到吸管中。我的吸管現在變成「絞馬鈴薯」了。

「你明明應該更專注於練習寫文章。現在是打混摸魚的時候嗎？」

的確，正如風香所說。不過，這會不會是她兜圈子要我「文章快點進步，把我搶過去」的意思呢？

我邊這麼想邊說：

「其實啊，我前女友好像變成毛毛蟲了。」

風香突然換了一副表情。

沒錯，這是恢復風香心情最簡單的方法——注射名為法蘭茲．卡夫卡的猛藥。風香對卡夫卡很飢渴，因此，只要說到跟卡夫卡有關的話題，她便會上鉤。毛毛蟲這個字眼，自然而然一定會讓她想起卡夫卡的代表作《變形記》。

「你可以再說得更詳細一點嗎？」

「當然。」

我遵照風香的吩咐，仔仔細細地將在詩織家的所見所聞告訴她。解釋時，細節才是最重要的部分，這也是卡夫卡寫作時很注重的事。卡夫卡高密度的濾網可以捕捉到各種細微、人們覺得無所謂的部分，再神奇地將抽象、帶點虛構的故事轉化為現實事件。卡夫卡就是這樣一點一滴扭曲讀者的現實。我也模仿這種手法，盡可能仔細地向風香傳達一切。

「你的說明技巧比以前進步很多呢，雖然還是很糟就是了。」

聽完來龍去脈後，風香說了這樣的感想。總是高高在上是風香的缺點，卻也是她的魅力所在。

「總而言之，你逃出來是對的。」

「是嗎？畢竟我討厭蟲子，當時也沒有其他選擇就是了。」

「我不是這個意思。」風香說。「我是指你差一點就成為毛毛蟲的飼料。」

「毛毛蟲的飼料？」

「你真不明白耶。」

風香搖搖頭。接著，她像對待孩子似地，邊用手指戳著我的額頭邊說：

「你差一點就要捲入《變形記》裡的現實。」

「《變形記》裡的……現實？」

5

「你應該已經看了《變形記》吧？」

風香特別放慢「應該」兩個字。

「當然。這個故事是在說，葛雷戈・桑姆薩因為喜歡的女孩一直沒有回信給自己而焦慮不安，不停寄同一封信出去，很ＬＡＧ地沒發現對方其實討厭自己吧？」

「你在開什麼玩笑？」

風香怒不可遏地拿起麥卡爾脆薯，一副要把薯條塞進我鼻子裡的模樣。不用說，被世界上最棒的怒容瞪著，我實在心滿意足。

「我只是把葛雷戈和ＬＡＧ擺在一起而已。」

「很難懂，而且不好笑。這件事很嚴重，我勸你不要再說第二次。」

每一套追求作戰計畫都失敗，最後束手無策下的笑話也被潑了冷水。為什麼我會喜歡上這麼令人傷腦筋的女生呢？這件事本身就是最大的荒謬。

為了修正軌道，我說起《變形記》的大綱：

「嗯……某天早晨，葛雷戈・桑姆薩睜開眼睛後，發現自己變成一隻毛毛蟲。葛雷戈連怎麼移動腳都不知道，當他扭來扭去前進時，門外傳來呼喊他的聲音。自己到底怎麼了呢？呃……要講到最後嗎？」

「不用，你有好好看書就好。」

「呼。」

葛雷戈的家人聚在他的房門前，當葛雷戈現身後，所有人都陷入恐慌，面帶嫌惡。不久，家裡出現三名房客，他們請葛雷戈的妹妹演奏小提琴。葛雷戈本來就很喜愛妹妹的演奏，也曾積極請妹妹教自己小提琴。他為妹妹的演奏大受感動，現身在眾人面前，令在場所有人驚駭不已。

最後，三名男房客不再租房，葛雷戈的妹妹向失望的父母提議和葛雷戈斷絕關係，洋洋得意起來。葛雷戈領悟到自己必須離開的事實，氣絕身亡。

就算在以荒謬為信條的卡夫卡作品中，《變形記》也是特別怪誕荒謬的作品。老實說，就算看了兩、三次，我還是無法理解整篇故事。

「你怎麼看這個故事？」

「怎麼看……這是個很不合理的故事。一個人類某天早上醒來變成了毛毛蟲。」

明明還有很多值得思考的地方，我說出來的感想卻是這種無聊的東西，真丟臉。

「一味認定葛雷戈變形成『毛毛蟲』很危險喔。因為原文 ungeziefer 雖然翻譯成日文的『毛毛蟲』，但本身有更多含意，像是壞菌、蛆、怪物等等，總之是對人類有害的負面形象總稱。在現實世界裡，『變形』成那種負面形象是件很普通的事吧。舉例來說，你將來想當什麼？」

「卡夫卡。」

「沒錯，卡夫卡對吧？那是你的目標對吧？」

「對啊，因為我希望妳喜歡我。」

「但你這樣的變化會讓身邊的人不知所措吧？大家一定會叫你拋棄這種愚蠢的夢想，也可能要你做一份更正經的職業。如果你無論如何都不改變當卡夫卡的意志，自然會引起摩擦，對吧？」

風香想表達什麼呢？

「什麼意思？」

「也就是說，你要當卡夫卡的這個『變形』，只會讓身邊的人覺得困擾。」

我先前已經讀了好幾次《變形記》，聽風香這麼一說，那個每次閱讀都掌握不到的東西似乎隱隱約約有了輪廓。

「啊，原來如此。」

「雖然主角葛雷戈覺得這個世界非常不合理，但同時，從周圍的角度來看，顯現出和昨天不同變化的葛雷戈也令他們難以忍受。因為人們——或是這個世界——總是在追求方便的不變。」

我之前只從葛雷戈的角度來看故事，決定性地欠缺遭逢「變形」衝擊的葛雷戈家人視角。或許，那也可以用來說明我現在從母親身上感受到的不合理。我的感受中，也決定性地缺少「母親眼中的世界是什麼樣子」的視角。這是當然的，因為人類只會用自己的角度思考。

「也可以再思考看看其他狀況。假設，你媽媽或爸爸有一天突然放棄自己的身分會如何呢？」

「爸媽嗎？」

「爸爸有了情婦離家出走。這麼一來，你會罵爸爸很自私吧？」

「嗯，先不論會不會罵他，但可能不會有好心情。」

「不過，從爸爸的角度來看，一切彷彿天降甘霖般，他戀愛了，如同你無法壓抑對我的感情一樣是很自然的發展。他自己也覺得很無可奈何，但如果周圍的人不允許，即使就你們看來爸爸的行為很不合理，可能爸爸才覺得你們的要求不合理吧？」

「啊啊……這樣啊。也就是說，妳想說的是只專注思考主角所看到的荒謬，絕對無法理解《變形記》，對吧？這本小說淡淡敘述了某人因為『變形』所自然引起的荒謬加成，也就是互為荒謬的現象。」

「沒錯。卡夫卡的小說很容易用荒謬這個詞帶過，但那種荒謬是互相的，只站在任何一方的角度是無法全面解析整個故事。卡夫卡沒有站在任何一邊，所以故事裡才沒有出口。若是讀者想藉由這個故事在現實世界中尋找類似出口的東西，只能去了解雙方都有各自立場這件事。」

風香的口吻從頭到尾都思路清晰，像把銳利的刀子。

「詩織的家人讓你覺得不舒服對吧？但是，以她媽媽或是彌生的立場來思考，或許就能理解她們異常的態度。不過，你一時間沒有想到那種可能，只認為那是扭曲、噁心的狀態。也就是說——你現在已經變成用詩織的角度看世界。」

「我嗎？」

不可能。不可能。不可能——

但是，我真的可以這麼肯定嗎？

「你被拖進詩織——毛毛蟲的世界了。」

我好不容易擠出力氣，輕輕搖頭。

「我是站在自己的立場。我和詩織交往是很久以前的事了，而且那根本不是戀……」

風香不等我說完最後一個字，搖搖頭說：

「不是。這跟喜歡的心情或是留戀完全無關，是更根本、深層的問題。我也還想不到那是什麼，不過你應該能找到。因為你是要成為卡夫卡的人，對吧？」

風香挑釁地問，我內心將那句話翻譯成：「你想當我的男朋友，對吧？」

「當然。」

雖然我還沒搞清楚任何事，但仍自信滿滿地如此回答。風香滿意地點點頭，起身背對我離開。

「妳要去哪裡？」

「回家，如果被月矢哥看到就慘了。」

「妳沒來學校是因為妳哥哥阻止妳嗎？」

「不是喔，是我自己的意思。」

「來學校嘛。」

「為什麼？」

「因為我想和妳說話。」

「不是吧？」

「咦？」

「只是因為你喜歡我吧？不要臉。」

風香應該有發現吧？她冷靜修正我的那股不服輸，再次令我對她更加迷戀。我焦慮難安，心情上再也無法從容。這跟上個月不同，因為當時我還沒有愛上風香。

然而，我如今很拚命吧？只是一心想獲得愛，令人不敢相信這是從前什麼女生都能得手的深海楓。

「妳可以再得意一點沒關係喔。」

「不用你說，我已經這麼做了。」

「差不多也該讓我得意一下了吧？」

「不行，你要先成為卡夫卡。你一定連『成為卡夫卡』這句話的意思都還不明白吧？不要臉耶。」

「成為卡夫卡」這句話的意思？

風香留下這句神祕的話語後，轉身背對我離開店內。店裡流瀉著古老的爵士樂，不過這間店裡的年輕人一定沒有一個人會留意這件事，連店長應該都只是隨便在百圓商店買幾張感覺不錯的爵士樂ＣＤ。我開始對這個沒品味的空間感到不耐煩。這是遷怒。

儘管如此，我仍舊沒有追上風香。就如她所說，因為我還無法成為卡夫卡。

相對地，我開始思考風香現在給我的題目。她說我被拉進詩織的世界了，這是什麼意思？我接下來該怎麼做？

如果我已經被拉入詩織的世界，我可以直接和詩織對話嗎？跟如今已成為毛毛蟲的詩織對話。

6

一個人去拉麵店比較不覺得孤單。

今天是星期五，自從那天之後已經過了幾天呢？一下子就週末了。那起毛毛蟲事件強烈到我想不起來這星期做了哪些事。在那之後，我的心前所未有地深刻感覺到，自己再度失去了風香。

今天本該是直接回家，收看我平常都會看的綜藝節目「偶像挖掘鑑定團」的日子。但是我現在實在沒心情和家人面對面吃飯。昨天，母親好像在我去學校的時候，擅自進入我房間打開了電腦，似乎不知道電腦會留下登入時間的紀錄。

她點開 Word 檔，知道我在寫小說的樣子，從那之後，感覺她便以一種在看什麼髒東西的冷淡眼神看我。父親也一樣，母親一定和他分享了資訊。最近他們肯定會跟我說「有事情想談談」，兩人現在一定在尋找機會，想從我嘴裡問出關於 Word 小說原稿的事。

的確正如風香所說，我想成為卡夫卡的「變形」，只會讓家人覺得傷腦筋吧？所以，我打電話回家說今天會和朋友吃完飯再回去。

風香戒斷症狀加上不時浮現的毛毛蟲影像讓我覺得好噁心。明明想忘記，那個毛毛蟲「詩織」卻不停在我面前蠕動。

所有生物中，我最害怕的就是毛毛蟲。以前國中約會的時候，我坐在公園長椅上雙手隨意擺著，一隻毛毛蟲就攀到我的手背上，令我發出尖銳的慘叫跳起來三次。

毛毛蟲，走開吧——我向自己的大腦呼籲。不然，就再多想想風香吧。

髒兮兮的電視上正在播放的「偶像挖掘鑑定團」和隔壁桌的大笑聲，聽起來全像是在嘲笑我。這也是戒斷症狀嗎？

風香風香風香風香。

最近，低吟風香的名字成了我每天的新功課。這實在很不妙，我甚至覺得自己其實再差一步就要瘋了。

「一碗豚骨拉麵。」

還有一個風香——另外一個我在腦海中說道。我開始害怕有一天，我似乎真的會講出這種蠢話。我第一次有這種經驗。所謂戀愛就是這樣嗎？喜歡的對象在腦海裡揮之不去，總是不小心小聲喊出對方的名字就是戀愛嗎？

我不知道。多令人作嘔的東西啊。

一直以來，女生對我抱持的都是這種令人作嘔的情感嗎？一想到這，我便不寒而慄。戀愛是多麼噁心的東西啊。

而我就是陷入這種戀愛裡。身經百戰、冷血的花花公子深海楓，已經從這個世界上消失了。現在在這裡的，只是個腦海裡全是風香的「風香中毒」患者。

前陣子在學校突然被老師點名回答問題的時候也是這樣。我不小心回答了「風香」後，又改口成「封箱作業」。因為那堂是古文課，這個答案當然令老師非常困惑。全班只有同樣是學藝股長的芽瑠，懷疑我原本想講的是不是風香的名字，但讓我敷衍帶過。

「來，久等了。」

老闆將拉麵送到我眼前。我邊朝拉麵「呼呼」吹氣邊舉起筷子。但不知不覺間，「呼呼」就變成了「風香」。糟糕，病情越來越嚴重，我實在太喜歡風香了。腦中之

思考混入了書寫詞彙，皆為練習寫作之故。最近，我每日一定會模仿卡夫卡之風格寫一頁文章才會睡覺。如此一來，便能漸漸了解卡夫卡。我也慢慢了解到，寫作時連續出現「之」就文章而言不是太好之事。

以及，卡夫卡就只會是卡夫卡，還有卡夫卡是個天才，是獨一無二的人物，因此我永遠無法成為卡夫卡。

——你一定連「成為卡夫卡」這句話的意思都還不明白吧？

那到底是什麼意思？

成為卡夫卡。當然，不可能成為卡夫卡本人。我大致是理解為「像卡夫卡一樣強烈的寫作風格」。

不過，那句話還有別的意思嗎？我每天拚命構想以卡夫卡為基礎的故事，前幾天我想到了一個男孩有一部分身體變成蘿蔔的故事，但有個名叫安部公房的作家已經寫過了。前例前例，什麼都有前例，我想到的點子都有人先想到。

這樣下去，不管多久我都無法成為卡夫卡。

風香風香風香。

腦袋宛如遭到詛咒般被風香浸透。不知為何，一隻巨大毛毛蟲在那些思緒的縫隙中爬行。真是夠了。

正當我搖晃腦袋時——

電視機裡傳來一道熟悉的聲音。

電視機上是個時下偶像風格的女生，不過我盯著那張臉，總覺得似乎在哪裡看過這個人。

緊盯畫面不放後，我終於知道那是誰。

那是我前幾天才看過的如月彌生。看來，她正在從事偶像工作的樣子，這件事沒什麼值得驚訝的，因為在這個時代，成為偶像比成為圖書館管理員簡單許多。彌生笑容滿面地回答主持人 doggy 橫山的問題。

『下一個問題對偶像來說或許是罩門，我開門見山地問了，彌生有喜歡的人嗎？』

現場傳出看好戲的騷動聲。doggy 橫山每次都問偶像同一個問題。這種時候，大部分的男偶像或是女偶像會說「還沒有」或是「喜歡我家弟弟」等等，要不就是舉出從哪個角度看都無害的當紅搞笑藝人敷衍過去，然後 doggy 橫山就會做些毒舌的評論搞笑。

彌生會怎麼回答呢？

她忸忸怩怩，一臉難以啟齒、支支吾吾地露出燦笑，接著這麼說：

『如果是從以前就一直喜歡，現在也無法放棄的人的話，有。』

彌生說這句話時直直盯著鏡頭，眼神看起來就像直接回看電視機這一側的我。

我把喝到一半的水吐了出來。

7

當天晚上作的夢糟透了。彌生抱著毛毛蟲到處追著我跑，我無止盡地逃啊逃、逃啊逃。

——學長，請等一下。我從姊姊跟學長交往的時候開始，就一直喜歡學長了。

彌生像是知道我要往哪裡逃一樣，不管我跑到哪，都會滑溜溜地出現，抓住我的手。我甩開她的手繼續逃，不停反覆。彌生每次捉住我的手時，另一隻手就會將毛毛蟲湊近我面前。

我從惡夢中驚醒時是凌晨五點，起床時滿身大汗。或許我還是不該去如月家的。那天要是拒絕彌生的話，就不會作這種惡夢了吧？

我連早餐都沒吃，比平常更早出發去學校。

只是稍微改變上學時間，街道便展現出不同於平常的姿態。馬路上悄無人煙，車輛也還不多，只有四處傳來鳥鳴。儘管時值七月，但清晨少有蟲子，涼風靜靜吹拂。人煙稀少的街道，彷彿直接向我傳達了它本來的脈動，下意識地傾訴它的歷史與未來。

是因為惡夢的關係嗎？平常不曾留意的電線桿和房子，一個個神奇地躍入眼簾。在思考這些事情的過程中，我已經來到距離學校大約一百公尺的位置。

我剛好來到粉紅色摩鐵風格的建築物前。學校的人都稱這間「田邊醫美診所」為「田邊摩鐵」。

發現有人從那棟建築物出來後，我也不知道為何突然藏到電線桿後。我這是因為惡夢而對意外出現的人很敏感，反應過度了。不過就結論而言，這麼做是正確的，因為出現在那裡的是如月彌生。

我完全不可能從外表判斷那個人是彌生，因為她戴著大大的太陽眼鏡和疑似男生尺寸的口罩，乍看之下並不會認出是她。然而，我馬上從濃濃飄散的氣味和輪廓領悟到那個人毋庸置疑就是如月彌生。

彌生似乎沒有發現我注意到她的樣子，護士將心情很好的彌生送出大門後，她便朝著與我相反的方向前進。

這間診所在電視廣告上也強打自己二十四小時營業，可應對各式各樣的個案，我腦海中甚至浮現「妳的臉也能變成女明星」那句廣告詞。彌生為什麼會從那間診所出來呢？答案只有一個。

彌生端整的臉孔果然是整形出來的嗎？她想當偶像到不惜這麼做嗎？

為什麼——？

『如果是從以前就一直喜歡，現在也無法放棄的人的話，有。』

昨天看見電視訪問的記憶在腦海裡甦醒。難道她是為了讓我喜歡她才去改變容貌嗎？的確，只要是女生，從國一到國三我都有所了解，卻完全沒注意到如月彌生的存在。她過去的長相大概就是那麼不引人注目吧。那樣的女生為了讓我喜歡她所採取的方法，就是整形手術嗎？

我想起昨天突然對彌生萌生的感覺——來歷不明、毛骨悚然，簡直就像看到毛毛蟲時不寒而慄的感受。

「必須調查一下。」

我腦海中不斷重現風香離去之際說的話。

『你被拖進詩織——毛毛蟲的世界了。』

那到底是什麼意思？

我抵達學校，先去教職員辦公室拿鑰匙開教室的門，接著前往隔壁班。如果跟我念同所國中的認真女生——安藤未露的個性還是跟以前一樣的話，她早上應該會很早來學校看書。

如我所料，未露正邊推著紅框眼鏡邊看書，整齊的辮子給人復古的印象。

「嗨，未露。」

我一微笑走進教室，就知道她全身提起戒備。因為未露認識國中時的我，所以一開始就對我有所防備，或許甚至還覺得只要跟我對看便會懷孕。無所謂，我現在分秒必爭。

「我有件事想請妳幫忙。我記得妳有一個國三的妹妹吧？」

「嗯，有是有……」

「我想請妳幫我問她對三年級裡一個叫如月彌生的女生有沒有印象。」

未露雖然一臉驚訝卻馬上接受我的請求。智慧型手機的時代就是有這個好處，稍微用點小手段便能解決小小的煩惱。

結果，不到十分鐘，我便知道最想知道的事。

「我妹說三年級沒有叫如月彌生的女生。」

「沒有？」

未露雖然被我的氣勢壓倒，但仍確實地點頭。

現在導出一個結論：

如月彌生不存在於這個世界上。

得到這個結論後，如今我也清楚明白風香話中的含意了。

我立刻飛奔而出，前往如月家。

我恰好在走廊上遇見風香。

「你要去哪裡？」

「我要馬上回家。」

「我如你所願地來學校，你卻要走了呢。」

「……因為現在不處理的話，事情會變得很糟糕。」

「難道跟那個『變形事件』有關嗎？」

我輕輕點頭。

「祝你不會被吞進毛毛蟲的世界。」

「我不會被吞進去的，因為我喜歡妳。」

這時應該要給一個吻才對——

然而，雖然在湊近風香的臉龐時都很順利，風香的手卻阻擋在我和她之間。

「會撞到吧？樓梯在那邊。」

我為什麼偏偏喜歡上這麼遲鈍的女生呢？我的感情真的會有得到回應的一天嗎？

我無可奈何，放棄親吻風香，衝下樓梯縱身奔跑，目標是S公園。我曾經在那裡遇見恐怖的毛毛蟲，發出尖銳的慘叫聲，跳起來三次。那是我第一次起疹子的地方。我必須去那裡，一切都是為了再見到「毛毛蟲」一面。

途中，我撥了一通電話，這是為了解決一切不可或缺的步驟。

話筒的另一端飄盪著一股討厭的沉默。

「是彌生嗎？」

聽到我的問題，對方似乎終於消除了緊張。

『是……是的。』

感覺她在為不小心接了電話該怎麼辦而煩惱。

「好久不見。」

『好久不見？這個說法好奇怪喔，我們不是前幾天才剛見面嗎？』

故意強裝開朗的聲音。

「但我又想見妳了。我現在能見妳一面嗎？」

『咦？現……現在嗎？』

她現在也在學校吧。

不過，如果是為了和我見面，無論用什麼方法，她都一定會從學校溜出來。

她一定會這麼做。

因為她想見我想得不得了。

『我知道了。要去哪裡找你呢？』

「哪裡好呢？我只講『那個地方』的話，妳知道嗎？」

我只留下這句話便掛斷電話。

這樣應該就能傳達了——如果她不是如月彌生，而是如月詩織的話。因為我剛剛點開的，是手機聯絡人中如月詩織的名字。

8

S公園已經充滿綠意。距離「所無站」兩站的這個地方，是我國中時約會常來的地點。這裡有巨大的水池，也能在水池裡划船。就算不做這些事，一整天坐在長椅上發呆聊天也好。

久違來訪，我過去專用的長椅上，坐著一名身穿黑襯衫的男子與姿態秀麗的女子。兩人都是成熟的大人了，彼此卻還是有種尷尬的距離感，令人想從旁推他們一把，大喊：「再靠近一點啊！」

沒辦法，我改占旁邊的長椅，坐下等待。

儘管夏日彷彿要把人煮熟的熱度令人快要發瘋，我卻必須和更勝這股熱氣、洶湧而至的恐懼戰鬥。

世界上有比毛毛蟲更恐怖的東西，等一下我必須面對的就是那樣東西。

不久，一道腳步聲接近。

我故意不看那個方向，只是平靜地繼續看著水面。

光線舞動、逃跑。影子靠近，又再離開。

我繼續看著光與影無謂的追逐遊戲。

最後，那道影子在我身邊坐下。

「要避開媒體過來很辛苦吧？」

「……沒什麼。」

她不再用彌生的口氣說話。我指定這座公園，她應該就已明白了吧？

「好久不見，如月詩織。」

即便聽到我這麼說，她還是無動於衷。無動於衷是應該的，這才是真正的她。不知道從什麼時候開始，詩織的心便因為嫉妒變得跟石頭一樣冰冷。問題是，那是從什麼時候開始的呢？

「我覺得今天一定要和妳談談。」

「為什麼？」

「我知道妳變成這個長相的原因。」

「你又知道什麼？」

詩織用冷冰冰的聲音反問，但我並不畏懼，因為世界上除了我之外，無人能拔掉詩織身上的刺。

「妳認為我甩掉妳是因為長相的關係。妳把自己和我在這座公園對妳提出分手的那天爬上我手背的毛毛蟲同化了。醜陋的自己和醜陋的毛毛蟲。從那裡逃向全新自己的方法只有一個，就是不再是毛毛蟲。妳想到我每個星期都會準時收看挖掘偶像的節目，想到要變成偶像風格的長相。」

「我得到你喜歡的那種外表了。我把從小存下來的零用錢全都花完，很不得了呢。你喜歡嗎？」

我沒有回答她的問題，而是這麼說：

「我會看偶像挖掘節目，是因為喜歡主持人 doggy 橫山的談話，偶像的外表根本無所謂。」

「無所謂？」

詩織無言以對。她的目光只在池畔游移，像是痴痴等待那裡會有什麼答案浮上來一樣。

「妳太過將外表和自己連結在一起，才會覺得只要改變外表就是重生。如何？妳現在的心情怎麼樣？」

詩織無語。因此我又加了一句：

「藝名是如月彌生的小姐，妳現在心情怎麼樣？」

於是，詩織戴上偶像「如月彌生」的面具回答：

「是的！心情非常暢快！因為我重生了！」

「是嗎？妳幸福就好。偶像啊～很厲害喔。如果過去的妳真的是毛毛蟲，現在無疑已經蛻變成蝴蝶了吧？」

我眺望著池面。感覺好不可思議，我們兩人這樣並肩坐著，就像回到國中時代。

我並不是一開始和詩織交往便覺得她令人不舒服，也的確從她身上感受到一股魅力。雖然稱不上是愛，但待在有點奇特的詩織身邊，看不出對方在想什麼也不說話，只是呆呆看著池水的時光，感覺並不差。

「妳知道我為什麼離開妳嗎？」

「因為其他的女生變更好了，我的外表比那個女生平凡太多，完全比不……」

「不對。」我打斷詩織的話。「跟妳交往期間，我沒有把注意力放在其他女生身上，當然也不是因為妳無法捨棄菸草的關係。導火線是，我發現妳一個個強迫和我交情好的人不准靠近我。妳是不隨時掌控我就會不舒服的類型，所以我才會離開妳。懂了嗎？我再說一次，我不是因為長相而討厭妳。」

「騙人，怎麼可能不是因為長相……」

「不管長相如何，那種東西只要一個月就會變得無所謂了。重點是我們不是在一起的命。」

「命……」

「沒錯，命。」我一字一字、仔仔細細地複誦。「妳不是毛毛蟲，妳那時候就是一隻漂亮的蝴蝶了，只是和我不合而已。」

「只是不合而已……」

詩織的內心似乎有什麼東西崩塌了。證據就是，一滴透明的淚珠從她的雙眸滴落。

我左右撫亂詩織的頭髮，站起身。

「祝妳成功喔，詩織。」

我最後輕輕敲了詩織的頭兩下，離開她身邊。我沒有信心詩織能不能分清楚，我只是講了應該說的話。儘管如此，這個世界依舊隨時可能出現不合理的事。我充分想過，詩織可能會追過來捅我一刀之類的。

然而——詩織似乎微微說了一句：

「謝謝。」

接著她開始哽咽。

不管我再怎麼接近公園入口，她都沒有追上來。離開公園時，我對鬼鬼祟祟尾隨在我身後的身影說：

「妳打算一直偷偷摸摸地跟在我後面嗎？」

一轉身，便看到身穿工作服的架能風香。

「真不要臉，我只是剛好有事來這座公園。」

「在上課時間？」

「義務教育已經結束了喔。噫！」

「但這不足以構成妳在這邊的理由。而且那套衣服是怎麼回事？有這麼年輕貌美的工人嗎？」

「這句話對工人真失禮。話說回來，溫柔的男人還真辛苦呢。」

看來風香目睹了一切。穿著工作服的風香一靠近我，便以手指戳戳我側腹說：

「要脫離卡夫卡的現實只有那個辦法了，對吧？」

詩織打算藉由創造出幻想中的妹妹，說自己變成毛毛蟲，讓我感受彌生和她母親的異常，同時讓我站在同情詩織毛毛蟲的立場。正如風香所言，我不知不覺間被拉入毛毛蟲的世界。

詩織並不是真的認為變成彌生就能跟我交往，只是整形後想藉由那個不存在的妹妹做出異常行為，使我對過去對詩織的所作所為感到後悔罷了。就這層意義而言，她的復仇可以說非常本末倒置。詩織費盡千辛萬苦想將我拖進毛毛蟲的世界，那大概是她守護自己尊嚴的唯一方法。

詩織的母親看起來像在跟毛毛蟲說話則是我誤會了，她只是對扮成彌生還養了好幾隻噁心毛毛蟲的詩織生氣罷了。證據就是，詩織的母親從沒喊過彌生的名字。因為對她而言，那個空間從一開始就只有詩織這個獨生女存在。

我發現了詩織的陷阱，好不容易從毛毛蟲的世界爬上來。除此之外，應該沒有其他逃脫的方法。

「我是不知道除了這個以外還有沒有其他方法啦。」風香步出公園時說道。「任何事情，局外人都沒有置喙的權利。如果你說除此之外別無他法，那一定就是現實。無論如何，你都解決了我解不開的謎題，對吧？」

「那麼，獎勵。」

我輕輕從風香身後抱住她。

「喂，很重。你在學地縛靈嗎？放開我。」

「再五分鐘。」

「不行。」

「四分鐘。」

「我說不行了吧？」

儘管如此，我還是沒有鬆開風香的手。

風香也沒有再表達更多抗拒——我原本是這麼想的，但我錯了。風香突然蹲下，抓住我的手臂使出一記過肩摔。

「哇！好痛……」

「哼，你太天真了。」

風香趁機跑走，我站起身立刻追上前。風香回過頭，臉上露出笑容。這大概是我

第一次看到她的笑容。

「你真的很不要臉耶。我可不像毛毛蟲一樣能輕易抓到喔。」

我奔跑。追上去很簡單，問題是怎樣才能捉到。

有那種不會傷害翩翩起舞的蝴蝶，且又不用抱緊蝴蝶的捕捉方式嗎？

很久以後，我想起了這時候的事。

因為就某種意義而言，這是風香還很健康、我們最幸福的時刻。

一名火伕的戀愛紀錄　其二

從我決定成為風香的專屬火伕的那一刻起，我該做的事就已經決定了。首先，我必須讓大家知道我是火伕。這並不容易。

儘管不到每天的程度，但我每隔幾天就必須在三更半夜出沒，累積我身為火伕的經驗。夜晚吸收世人的孤獨，漆黑一片。在這片黑暗中，火伕才更有存在價值。我面對黑暗，繼續完成自己的任務。

高中能和風香同班實在是很僥倖的一件事。在那之前，我不知道風香名叫風香。世上萬物皆有名字，她理所當然也有，風香這個名字非常適合她。

有一次，一個女生談到了我當火伕時的工作。我很難說那個女生了解我，她對火伕工作的評論並不正確。

「好可怕喔。人類被火包圍後，就化為灰燼了。」

「真的。」

對話到此結束。但是，我當時看到風香的手在顫抖。我似乎見到火伕的偉大任務

終於動搖她內心的證據。

我有貫徹火伕的信念真是太好了。在不停拒絕各種男生的過程中，這是風香唯一一次顯露情緒的瞬間。是我按下了那個開關。

昨晚的工作特別有勁。

我看著一名大概是要去約會的ＯＬ從公司回家，換了衣服又外出後，馬上行動。黑暗中，當世上所有的空虛聯手擴散時，我的工作閃耀著光芒。

我今年成功完成了四件工作。我已經成為完美的火伕，隨時能創作出屬於風香的完美火焰，隨時可以熔化她冰山美人的面具，挖掘出她隱藏其中、對於死亡的恐懼。

只有我了解妳。

還有那頂安全帽的由來。

妳害怕跟父母一樣被壓爛。

來吧，差不多能慢慢對我說出妳的祕密了吧？

第四話　請將我的罪名告訴我

1

「楓，你真溫柔耶。」

誤會大了。

說話的人是美波。一名升上高中後，從關西來到所無念書的同學。如果早上上學途中不小心幫忙跌倒的美麗學生算是溫柔，我的確很溫柔吧。

不管美波再美，我也完全不期待我們之間會發展出什麼浪漫情愫。美波本來就跟我處在不一樣的世界。

「是……是嗎？」天然呆的人必須表現出對別人說的所有話都不知所措的樣子。

「總之，請小心喔，不要因為出血過多死掉。」

「嗯，我沒事，只是擦傷。」美波微笑道。

我用手指擦擦鼻子下方，一副害羞的樣子，抓抓一頭亂髮後離開了。我感覺到背

後美波投來的強烈視線。請千萬不要誤會而迷上我。

走了幾公尺後，我突然感受到另一道來自跟美波不同角度的視線。一回頭，那裡並沒有任何人。

「是我多心了嗎？」

我急急忙忙向前走，因為「祕密社團卡夫卡」開始的時刻即將到來。社團成員在教室裡透過祕密紙條對話，不能讓任何人發現。

2

『太慢了，作家實習生。』桌子的抽屜裡夾著這麼一張紙條。「祕密社團卡夫卡」不容許遲到一分鐘。遲到的人有義務在放學後請對方喝麥卡爾奶昔。

架能風香目前十分沉迷這個新遊戲。社團成員有我和風香兩名，今後也不會增加新成員吧。

『妳很寂寞嗎？』

我趁移動時，將這張紙條夾在風香的鉛筆盒裡。過一陣子回到座位上後，課本裡夾了新的紙條。

『怎麼可能？不要臉。因為幫助受傷的人遲到，你還真溫柔呢。』

看來，她看到我今天早上幫助美波的那一幕了。那道視線是風香的嗎？

我思考著藉口。

接著，下一張紙條出現。是風香嗎？我還沒回覆她，紙條也太快出現了。我驚訝地抬頭，但座位旁已經沒有任何人。

我打開那張字條，上頭的字跡很明顯不是風香的。圓圓的字體寫著：

『午休時來頂樓，我有事想和你商量。』

頂樓是我們學校的私人公共空間。我悄悄將那張字條收進口袋，沒讓風香看見。

後來，我很後悔這項舉動。不論動機為何，跟某件事扯上關係，就有可能被捲入其中。當時的我還不知道這個道理。

3

中午，最近風香都獨自在圖書館吃午餐，本來我想去那裡跟她會合，但因為我們是祕密社團，所以不能隨意公開談話。

因此，我無奈地和班上男生吃完中餐後，悄悄逃離教室的喧囂前往頂樓，當然是要去見字條的主人。對方想商量什麼事呢？話說回來，那又是誰寫的？或許，這也有可能是別種以商量為名的什麼。

不知道是不是我來得太早，屋頂上沒有一個人影。頂樓水塔後的陰影處有張長椅，我直直躺下。這樣感覺比站在地上曬太陽更接近陽光，身體也好像在進行旺盛的光合作用。

「你從那裡可以看到什麼嗎？」

在我微微打盹時，這道聲音降下。

我睜開眼，忍不住回答自己看到了什麼。

「像白色胸罩的雲。」

「這是你的本性吧？我終於稍微看清你了。」

「是嗎？我除了胸罩沒看見其他東西就是了。」

我起身。字條的主人似乎就是美波。

「所以？紙條上說有事和我商量？」

既然美波已經看穿我的本性，我就沒必要再扮天然呆。此外，頂樓本來就是避人耳目的地方。

「我想請你將我的罪名告訴我。」美波說。

「罪名?什麼罪？」

「罪就是罪啊。杜斯妥也夫斯基《罪與罰》的那個罪。我應該有什麼罪，但我不知道是什麼罪。」

美波的話太讓人摸不著頭緒，只能從中知道美波認識杜斯妥也夫斯基這點而已。

「等等，為什麼前提是自己有罪？」

這真是前所未有的諮商，說不知道自己的名字或許還比較能接受。美波盯著我的臉問：

「為什麼葵他們突然無視我？」

「哦，原來如此。」

今天早上到教室的時候，我隱隱約約有看出來。班上的中心人物——野野山葵，和幾個平常感情不錯的女生在聊天。一般來說，美波自然也會在裡頭，但今天早上卻沒有。這看起來像是葵的決定，其他女生也沒有異議。

「無視」這種現象是種隱隱約約的氛圍，這種沒人能明確指出來的事很難陳述。

我們不會說路人A無視路人B，也不會因為兒子看電視時父親走過兒子前方就說這是無視。「無視」不是一種狀態，而是意志。

「所以，因為他們無視你，你才覺得自己犯了某種罪？」

「否則就說不通啦。」

「嗯，也是。」

尤其，葵的父親已經連續擔任家長會會長兩次，連老師都對葵禮讓三分。

「判罪的人是葵嗎？」

「對。但是，我沒有做任何會惹葵不高興的事啊。」

「嗯嗯，這樣啊。但會不會只是你沒注意到，其實不小心做了什麼？」

「做了什麼？」美波咬唇，眼眶泛淚地說：「我每天都好痛苦，已經到達極限了……幫幫我。」

美波抱緊我。

「美波，我不是抱枕喔。」

我不著痕跡地抽開身體。要是風香看見這一幕，我目前為止的所有努力很有可能會化為烏有。我不想做出背叛風香的事。

「冷靜一點。你沒有不對，但現實中也是會發生不知不覺間背負某種罪名的情況。所謂的『罪』，有時候只憑自己的認知是無可奈何的，例如國外有些地方比

『ＹＡ』的話有侮辱人的意思，還有些國家會把狸貓叫成狗。每個地方都有自己的常識。舉例來說，有可能是你以前待在關西時用法很正面的詞句，在這裡變成負面意義，因而產生誤會吧？」

「你是指關東和關西的價值觀不一樣嗎？就算你這樣說我還是不懂啊，人家哪裡錯了嗎？」

美波當場蹲下，哭了出來，幾名上來屋頂的學生看向我們這邊。因為那些人不是班上的同學還勉強算安全，但這樣看起來就像我惹美波哭一樣。

「我知道了，總之，我會去調查你到底犯了什麼罪。」

「真的嗎？謝謝！」

美波再次抱住我。我好不容易和美波拉開距離，確認他完全離開頂樓後，嘆了一口氣重新坐回水塔旁的長椅上。

「你又接了一個燙手山芋呢。」

這道聲音是從水塔前方傳來的。我站起身，慌慌張張地繞到水塔前方。

「嘿美」架能風香正將安全帽當成枕頭，躺在前方的長椅上。看來，我最不想被

看見的場景讓最不想被她看到的人看到了。

「妳什麼時候過來的？」

「很久以前。你們看起來感情真好。」

「是誤會。」

「這個頂樓應該沒辦法辦舞會喔。」

風香冷冷地回了我一句無聊的冷笑話後瀟灑離開。這的確不是憤怒吧？追根究柢，風香體內究竟有沒有嫉妒這個系統還是一個謎。算了。我重新振作起精神，跨出步伐展開調查。

4

調查出乎意料地極為困難。

因為，似乎連葵的那些跟班也不知道葵不理美波的理由。據說，只是因為葵疏遠美波後就沒什麼講話的機會了，大家並沒有惡意。

「也就是說，你們本身和美波之間沒有任何不愉快囉？」

「沒有～」其中一個跟班——美穗說。

「那為什麼妳可以不理美波？」

我這個天然呆突然問這個問題，美穗似乎很不知所措的樣子。

「我又沒有不理美波，只是順其自然沒有說話而已。」

「順其自然……？」

「對，順其自然。」

「……是喔。」

調查沒有任何進展，其他和葵同一群的女生也差不多是這樣。每個人、每個人都沒有特別的意思，但變成一群人後便彷彿有了生命般躍動，化為一股巨大的惡意。學校這種地方永遠都是這個樣子，有時連老師也是那股惡意的一分子。我從小學開始就已經看膩這般景象。

儘管如此，我依舊繼續來到學校這種地方，為什麼呢？大概是因為父母要我上學的緣故吧，為了讓我成為像父親一樣的銀行菁英。我一直以為自己將來也會繼續滿不在乎地走在這條已經被訂好的路線上，直到我遇見了架能風香——風香改變了一切，她把我未來的計畫打個粉碎，為我帶來「成為卡夫卡」這個獨特的夢想，因此我才能一直待在這所高中吧。

大家又是怎樣呢？是跟從前的我一樣，對將來沒有自己的計畫，只是毫不在乎地活著嗎？一定是這樣。正因為如此，才會突然出現沒有個人意志的惡意。

這次惡意的中心——果然是葵嗎？

看來，想知道「罪過」的源頭，只能直接問葵了。

野野山葵正在窗邊玩弄著頭髮，一頭柔順的金髮隨風飄逸。幸好，教室裡的人三三兩兩，看起來都各自專注在自己的事情上。我靠近葵，感覺葵已經在視線一隅捕捉到我的身影，卻故意裝作沒注意到我的樣子。

「可以聊一下嗎？」

我一開口，葵便全身僵硬，緊張地問：

「什麼事？」

「我想問關於美波的事。」

「美波怎麼了嗎？」

太假了。

「你們在排擠美波吧？」

葵不知所措地看著我，最後終於開口說：

「排擠？我們才沒有這樣，只是剛好跟美波沒有話題聊而已。這很正常吧？突然找不到可以說的事，只是暫時的。」

葵露出故作開朗的微笑。我才不會被這種空有外殼的表情欺騙。

「可是美波好像覺得自己被排擠了。」

「那是美波的想像吧。關西和關東有很多意思都不太一樣，我們這邊說『白痴』只是開玩笑，但關西那邊就不是這樣。美波才剛來這裡沒多久，很有可能是誤會了吧？大家感情都很好啊。你仔細觀察，我們都有在說話。」

葵像是想盡速用橡皮擦消去我心中的懷疑般，連珠砲似地說了一串話，接著，看到走廊上的朋友後，留下一句「抱歉，我過去囉」便離開。

葵有一副好身材，個性也好，在班級內外都有高人氣，受到男女生的喜愛，是大家憧憬的對象。然而，這樣的葵看起來卻像在排擠美波，應該不是出於什麼關東和關西文化上的誤會。

不過聽了葵的藉口後，我內心的確有所動搖。在這之前，我也沒有觀察得那麼仔細，或許是我和美波想太多了。

葵他們是不是真的沒有排擠美波的意思呢？

5

隔天，我更加注意，像動物紀錄片的工作人員般冷靜，特別觀察了美波周圍小團體的動靜。

舉例來說，下課時間是這樣子——

「美波，下一堂化學課好像要去實驗室喔，該過去了吧？」美穗問。

「嗯……對喔，走吧。」

美波有點高興地起身。然而，葵接下來插入，說了出乎意料的話：

「美波，不好意思你先過去，我們等一下再過去。」

「咦？這樣嗎？」

「啊，先幫我占位子喔。」

「好……知道了。」

美波露出寂寞、有些不安的神情起身離開教室。葵的座位旁已經聚集許多跟班，葵好像開始在說些重要的事。我豎起耳朵傾聽，似乎是計劃去看電影的樣子。

原來如此，葵說的沒錯，他們有和美波說話，但就只是說話而已。

我抱住腦袋。以行為而言，葵他們的確是在排擠美波；但以現象來看，葵的藉口也硬是說得通。

現況是葵不想承認排擠這個事實吧，所以當然很難問出排擠的原因。

雖然我之後也持續打聽卻無法獲得新資訊，因為沒有人知道葵為何不理美波。

就在我這樣四處打聽情報時，風香從我背後搭話。由於她是背對我說話，從旁看來，我們應該不像在交談，大概只會覺得我們各自在自言自語。這就是祕密社團的活動方式。

「你看起來很辛苦呢。」

「還好啦。」

「為了你好，需要幫忙的話早點說比較好喔。」

「我碰壁了，幫幫我。」

我決定放棄並說明現況，到底有多麼走投無路呢？我找不到任何證據可以戳破葵漂亮的藉口，沒有一個人知道美波的「罪名」是什麼。

風香聽完原委後，「嗯」了一聲，長嘆一口氣說：

「為什麼你每次都會直接面臨卡夫卡的現實呢？」

「這大概是迷戀妳的宿命……吧？」

「如果是宿命就沒辦法了，請認命。」

風香開心地說。我們是不是該開個國際會議討論一下，為什麼風香能這麼輕易地將深海楓的示好丟到一邊？

「你還記得今天的處罰吧？」

真是的，她腦子裡只喜孜孜地記著祕密社團的規則這種東西。

「當然。」

「那麼，今天放學後麥卡爾當勞見。」

「我知道了。」

就這樣，我們決定放學後在速食店麥卡爾當勞舉辦討論這起事件的高峰會議。仔細一想，這是「祕密社團卡夫卡」成立後的第一場高峰會議。

這場首次高峰會議的課題，是跟從前相比更卡夫卡式的東西。

6

「你已經看過《審判》這本小說了嗎？」

風香邊啜飲我請的麥卡爾草莓奶昔邊問。

「不，還沒。」我老實回答。「因為我最近才開始看書，還沒有接觸到長篇小說這部分。」

「噫！好丟臉。」

到底是怎麼能面無表情地發出那種怪聲呢？我真想仔細調查風香的人體構造。

「但我知道故事大綱。」

《審判》的故事開始於約瑟夫・K三十歲生日的早晨。K遭到兩名訪客逮捕，並且必須接受他們的監視。之後，K雖然前往法院，審判卻在他不知道自己罪名的情況下延期了。為了取得無罪勝訴，K聯繫了自己的叔叔、律師和法庭畫家，但誰都不稱他的意。

某天，K受命要招待義大利客人而在大教堂裡等待義大利人。然而，義大利人沒有現身。牧師告訴K一則寓言，內容是關於「專為自己準備的律法之門」。

在三十一歲生日的前一天早晨，K接獲處刑通知，心臟受到一擊後，大喊著：「像條狗！」而死去——

我記得故事應該是這樣。

我會猶豫要不要看這個故事是有理由的。前幾天，爸爸媽媽發現我偷偷寫小說的事，召開了家庭會議。我假裝那篇小說不是我寫的，而是想當小說家的朋友寄來的檔

案。雖然事情總算平安落幕，但我沒忘記父親最後說的話：

『聽你說文章是朋友寫的，讓我鬆一口氣。因為，如果你想從事小說家這種沒用的職業，我就得讓你退學了。』

我從他的眼神知道他看穿了我的謊言。在那之後，只要我一看卡夫卡的小說，就覺得自己的遭遇神奇地和卡夫卡的小說世界同步。大概是因為卡夫卡也和父親合不來的關係吧。我稍微聽說《審判》這本小說受到這方面的影響很深，便覺得除非自己狀況特別好，否則不太想看。

我說完故事大綱後，風香評論：「雖然少了很重要的關鍵，但差不多了。」

「所謂大綱就是這樣啊。」

「不，大綱會根據描述大綱的人而有所不同喔，看來你不適合敘述大綱。」

「還真令人遺憾呢。」

「先不說這個。」風香邊說邊打開麥卡爾奶昔的蓋子，用吸管前端撈起黏稠的奶昔送進口中。「《審判》是一篇尋找自我的故事。審判在主角不知道自己被判了什麼罪名中開始，最後判刑時，主角依舊不知道自己犯了什麼罪。不過，K很積極地想打破規範喔，從他去叔叔家也要追求女性、強吻隔壁女生這些地方可以稍微窺見這種傾向。這是不是跟以前的你很像呢？」

「是嗎？我沒有強吻妳就是了。」

「請別這麼做喔。」

風香嫣然一笑。不知道是不是我的錯覺，感覺就像在說：「請這麼做。」大概是我過度解讀不去領略也沒關係的部分吧。

「K在不知道自己犯了什麼罪的情況下，尋求擺脫罪名的方法；另一方面，每次又在欲望驅使下做出脫序的行為。結果，K的這種個性本身就足以烙上罪名了。他不停敲打專為自己準備的律法之門，終於迎來死亡。他將自己比喻為狗，聽起來或許是在感嘆自己像狗一樣死在荒郊野嶺的悲劇，也或許是指自己不面對罪名而活的方式，終於得到和狗一樣的自由。K所相信的自由，到頭來就是像狗一樣。因此，其中也有超越宗教罪惡意識的意思在。故事中插入大教堂的寓言，也是在暗示K和宗教的方向背道而馳吧。」

「妳總是邊思考這麼複雜的事情邊讀卡夫卡的作品嗎？」

「是卡夫卡跟我說的。」

風香說完，將薯條塞到我奶昔的吸管中。拜此之賜，我最近開始喜歡上奶昔口味的薯條。

「我不知道《審判》是否合乎這次事件。不過，在尋找罪名這層意義上，大概可

以說一隻腳踏進了《審判》的現實吧。」

「再這樣下去，美波或許會在哪裡被公然處刑。我想避免這件事。」

「你想怎麼做？但這或許是美波的希望喔？」

「美波的希望？」

「嗯。你認為葵他們不說，就不知道美波的罪名，但也可以想成是美波不正視自己的罪過。這種情況下，美波心中某處，或許希望自己在不知道罪名的情況下遭遇不幸。我認為這也不無可能。」

「我看不出美波有這種被虐體質耶。」

「每個人都會有不想被任何人知道的領域。好，退一百步來說，就算美波不是故意從自己的罪過上轉移視線，問題可能如你所想，是由關西和關東的文化摩擦所產生的死角。如果美波跟《審判》的主角一樣，直到最後都身處看不到的死角，大概就會在不明白真相的情況下白白犧牲吧。」

「白白犧牲……嗎？」

這將會是永遠的地獄吧。雖然風香似乎將那樣的結局解釋為是K自己的希望，但我從故事大綱中感受到的是絕望。今天美波身上發生的事，也是一種絕望的事態。無論如何，我一直想避免在這件事情上當最後一根稻草。

在分班前，要一直面對直到昨天為止感情還很融洽的朋友對自己的軟性忽略，實在太悲哀了。

這時，風香出其不意地將自己的草莓奶昔放入我嘴裡，冰涼的觸感一路傳達到舌尖。

「作家實習生，現在還不遲，我覺得你不要管這個問題比較好，再牽扯下去，可能連你都會遭受慘痛的教訓。」

「謝謝妳替我擔心。」我輕撫風香的頭說。

「我已經不是讓人摸著腦袋說『乖孩子、乖孩子』的年紀了！」風香嚴肅地說。

不過，我光是從她口中聽見「乖孩子、乖孩子」就感到無比滿足。

「但我已經牽扯進去了，事到如今也無法視而不見。」

風香嘆息說道：

「那就不要瞞著我。」

「咦？」

我嚇得心臟差點痙攣，因為我其實對風香隱瞞了某件事。

「為什麼說我有事瞞著妳？」

「對你來說，班上的中心團體這種東西根本無所謂，然而，你這幾天卻很仔細在

觀察他們，而且是在美波找你商量前就這樣了。感覺你的心境發生某些變化。之後，雖然是我決定『祕密社團卡夫卡』的各種規定，但這個社團一開始是你提議的吧？」

看來，風香是本能地直覺嗅出我身上有隱瞞的味道。

「妳不能睜一隻眼閉一隻眼嗎？」

雖然不可能，但我還是試著提議。風香靜靜地搖頭說：

「如果美波想從不明白自己罪名的審判中逃出來，關鍵可以說掌握在你手中。你有事情瞞著我吧？現在馬上說出來，否則，我只能跟你斷絕所有往來。」

「這樣我就……傷腦筋了。」

「那就說吧。你只有這個選擇，把對我隱瞞的事全部說出來。」

風香翹起雙腳。不知從什麼時候開始，我再也無法抵抗她不服輸的態度。

我放棄抵抗，一一將我和野野山葵之間的事全盤托出。

7

那是上週發生的事。我打算在冷氣強烈的圖書館中捱過酷暑，正昏昏欲睡。在讀

《飢餓藝術家》的過程中，這篇在卡夫卡的作品中也偏難懂的小說帶來一股舒服的睡意，我也因此如預期般站在荒謬的夢境入口。

此時，有某個人坐在我對面的座位。是誰？明明館內有那麼多空位，為什麼要特地來我前面？

我不想讓人看見我的睡臉，打算立刻趴下。對方於是向我開口：

「楓，你亂翹的頭髮是用髮膠抓出來的吧？」

「啊？」

我睜開眼，眼前是葵。

葵以挑戰的神情盯著我的臉。

「呃……嗯？有什麼事嗎？」

我用慌慌張張、睡眼惺忪的神情扮演天然呆的角色。

「我想要更了解你，假天然呆同學。」

葵似乎看穿我的天然呆是偽裝的假象。

「幹嘛？你要揭穿也無所謂。」

既然真面目已被發現，再演下去也是白費功夫，我拿掉面具瞪著葵。

接著——葵說出我意想不到的回應。

不，正確來說，那甚至不是回應，因為葵突然吻了我。

「草莓味道的護唇膏啊。」

葵一離開我的唇，我便以極為冷淡的口氣說道。

「你是用哈密瓜口味的牙膏。」

「我喜歡哈密瓜的味道。」

「真像小朋友。」

「有人有資格說別人嗎？」

「我喜歡你。」

「沒頭沒尾的，出局。」

「不需要什麼頭尾。」

「這樣亂來在小說裡是行不通的，小說就是要有必然的時間點。」

「這是現實。你相信嗎？全班最美的人竟然強吻你。」

「怎麼說呢？每個人的審美觀不一樣。」

「班上有比我野野山葵還要美的人嗎？」

「這種說法很像《白雪公主》裡的壞皇后喔。」

我竭盡所能地惡言惡語。或許其實沒必要那麼壞，但我想藉此保持冷靜。

「聽我說，老實說我並不覺得你很可愛或是很漂亮喔。」

葵好像因為這句話而有點措手不及，不發一語。或許過去從來沒有人拒絕過葵的示好吧。

「你、你說什麼！」

「而且，就算你的長相是我喜歡的類型，我也不一定會因為這種理由就非喜歡你不可。」

「這些都是歪理。你討厭我嗎？」

「不討厭。應該說，我對你了解的程度根本不到可以討厭你。」

「從現在開始慢慢了解就好了吧？人們就是為了互相了解才會成為情侶喔。」

看樣子葵不是在開玩笑。雖然時機非常突兀，但葵似乎是在精挑細選、非常符合自己風格的時間點認真告白。

「不用了。」

「為什麼？怎麼會？你感受不到我的魅力嗎？」

「我不會因為感受到魅力就和人交往。」

葵的視線突然銳利起來。

「你有喜歡的人吧？」

「我沒有這樣說就是了。」

這世上有種人罹患誤會症候群，不論別人話說得多仔細，都硬是想誤會對方。葵就是這種人。麻煩的是，葵的誤會也不能完全說是誤會。

對，我喜歡架能風香。

「你一定是有喜歡的人。」

葵越來越激動。我拒絕女生時，會盡可能避免暗示對方我有喜歡的人了，因為那種說法會留下後患。

然而，自己遭到拒絕等於對方有喜歡的人——葵似乎不這麼想就不能接受的樣子。就算本意並非如此，但這個說法也接近真相。

「所以我說……」

「你和那個人在交往嗎？」

「唉，不是交不交往的問題……」

「那是什麼？」

「所以啊……」

「我知道了。你有交往對象吧？雖然我不知道是誰，但既然如此就沒辦法。直到我把你搶過來為止。」

真是意外難纏的攻擊。

「你搶不走的。你有你的魅力，去喜歡為這份魅力神魂顛倒的人吧，我只是不是那個人罷了。」

「我無法放棄。」

「只能請你放棄。」

再說下去也只是兩條平行線。

所以——我決定說實話。

「因為你一直不放棄我就老實說吧。我喜歡的人比你美一百倍，不是外表，而是整體。那個人的存在本身，對我而言神聖得不得了。所以，不論你再怎麼誘惑我，我死都不會和你交往。」

「美一百倍？」

「只是我的主觀啦。」

「一百倍……」

葵先前紅潤的臉頰變得一片蒼白，他起身離開。氣氛危險，兆頭不妙。

「當然，如果你其實是賽亞人能變身成超級賽亞人的話，那就另當別論。」

我本來想開個玩笑，但葵沒有笑。

相反地，葵走向樓梯，回過頭指著我宣告：

「我很了解你的心情。你之後也會好好體會到我的心情。我是認真的。」

就像被宣判死刑般——我第一次體會到背脊發涼的感覺。

8

「原來如此，我知道葵和你結怨的原因，也知道你為了保護我而提議成立祕密社團的理由了。」

風香說道，將一根薯條丟入我的口中。

「我好歹該道個謝呢，謝謝。」

「You're welcome.」

不過，風香似乎沒在聽我的回應，轉而思索下一個謎題。

「問題是，為什麼葵的憤怒會轉向美波呢？你有頭緒嗎？」

「只有一個。昨天上學途中美波受傷我幫忙他的時候，我感受到背後有一股視線。我原本以為一定是妳在看，但那可能是葵。」

「大概是那樣。我是從學校教室的窗戶看到那一幕，跟你感受到的視線角度完全不同。」

所以還是有在看嗎？

「從妳的角度有辦法確認是不是葵在那裡嗎？」

「沒辦法，因為從教室窗戶看出去，會有電線桿、牆壁的陰影形成的各種死角。但如果葵看到那一幕而誤會的話，事情就糟了呢。」

「果然很糟嗎？」

「當然啦，感覺美波幾乎是因為你的關係才被欺負。」

「果然是這樣嗎……」

跟我害怕的一樣。我一開始就在懷疑這種可能性，正因如此，才會想堂堂正正地直接問葵理由。

「既然如此，只能解開葵的誤會了。」

「怎麼做？」

「對美波表現出冷淡的樣子。」

「就算你對美波冷淡，我也不認為事態會好轉。這樣做，葵還有可能會繼續追究你真正喜歡的人是誰。」

「這就麻煩了，我無法說出來是妳。」

「你把我說出來，我也無所謂喔。因為哪怕葵想排擠我，但我認為葵根本不知道我的存在。」

的確，葵很有可能將風香這種總是戴安全帽的異質存在，直接排除在意識之外。不過，如果葵知道我喜歡風香，也有可能像現在一樣採取特別對策，遲早會實行更強烈的追擊手段吧，視情況也有可能發展成將男同學捲入的惡劣行為。我想盡可能避免這種情況。

「我不可能讓葵知道我喜歡妳。」

「是吧？所以你才會想到什麼祕密社團。自從葵向你告白後，學校裡沒有一個人看到我們交談的樣子。一切都是託你奉獻的愛所賜呢。」

「還不到要道謝的程度啦。」

「道謝的話，我剛剛說過了喔。」

「沒關係，還說要親我什麼的，真的只是一點小意思而已。」

「誰說要親你了？不要臉。不過，如果我真的因為你喜歡我而遭遇不好的事，我可能會強烈地向你追究責任，然後把你丟進海裡喔。」

「到、到這個地步嗎？」

「這是當然的。」

風香一臉不服輸地嘟起雙唇。我想吻上她的唇。如果是以前，我可以輕易這麼做，然而面對風香，簡單的事情都會變得非常困難。

「總而言之，我會保護妳到底。」

「好帥，但我沒有著迷就是了。」

「或許妳已經對我著迷囉。」

「你沒有成為卡夫卡就不可能。」

風香三兩下撥開我的進攻後，突然看向遠方。

風香最近很常看著遠方，表情看起來像竹林公主要回到月亮上的前一晚一樣。每當看到那道眼神，我總是會心痛不已。一種恐怖的預感緊緊抓住我，總覺得是不是再也見不到風香了。

如果這份預感應驗，原因會是什麼呢？是月矢又要妨礙我們嗎？即使是這樣和我愉快聊天的日子，風香回到家後也會變成和月矢兩人獨處。沒有血緣關係的兩人今晚會吃什麼？談論什麼話題呢？

風香起身將托盤上的垃圾倒進垃圾桶，看來打算回去了。

「嗯，好久沒跟你聊天了，真好。之前我有點介意。」

「咦？介意什麼？」

「我在想你雖然說是祕密社團，但是不是其實只是對我的興趣變淡，不想說話之類的。如果是這樣的話，我也無可奈何就是了。」

風香這句話超乎我的預期。我以為風香非常遲鈍，不管我怎麼丟球給她，她都對我沒興趣。感覺除非我成為卡夫卡，否則就得不到風香的注意。

可是——她剛剛的反應是什麼？真想不到，我這個人在她心中占了一席之地嗎？我仔細盯著風香，她就像不想被我讀出心思般移開了視線。

我起身抓住風香的手臂，緊緊抱住她。風香沒有抵抗，她像晴天收起來的雨傘般靜靜待在我的懷裡。

「再等我一下，我會將這件事解決乾淨。」

「你要怎麼做？」

「總之交給我就對了。」

我——毫無對策。

但是，除此之外我還能說什麼呢？

9

那天放學後，我約葵見面。由於再三煩惱後也想不到其他不錯的地點，最後我便決定在Ｓ公園碰面。

Ｓ公園的池水很平靜，就算遭對方捲入欲望的漩渦，這裡的池水都有股不可思議的力量能將其轉變為崇高的靈魂。這裡只有一個缺點，就是夏天蚊蟲多。還好我先擦了尤加利精油，否則就要被蚊子叮成紅豆冰了。

今天我喜歡的長椅上又坐了人。一名身穿黑色西裝的男人，與丹寧褲搭配Ｔ恤、打扮簡單的女性坐在一起。女性渾身散發趕跑盛夏酷熱的清爽香氣。是之前那兩個明明都成人了卻還在玩尷尬戀愛遊戲的大人。

我邊隱約聽見他們在說美學怎樣怎樣、愛倫坡怎樣怎樣，邊在隔壁的長椅占了個位子，等待葵過來。

「事到如今你還想說什麼？還約在蚊子這麼多的地方。」

才聽到聲音，葵便迅速坐到我身旁。葵今天的裝扮是黑色坦克背心搭配可以清楚展露曲線的紫色長褲。與生氣的口吻相反，從葵化了與在學校時不同的濃妝也可以看出來，他正期待與我會有什麼樣的發展。

儘管如此，葵還是對我投以輕蔑的眼神，彷彿在問我難道忘記他上次遭受的屈辱了嗎？

我將尤加利精油遞給葵，葵冷漠地收下精油塗抹後還給我。

「我其實想解開誤會。我完全不喜歡美波，也沒有在和美波交往。」

「你是為了保護美波才這樣說的吧？」

我猛烈地左右搖頭。

「不是。我想說一些之前說不出口的真相。」

「說不出口的真相？」

「我有件事瞞著你。」

葵上下打量我，最後終於點頭，願意聽我說。

「你知道社會性別嗎？世界上除了用生物學分類的生理男性和生理女性之外，在社會性上也有性別差異，簡單來說，就是對社會表明自己是男性還是女性。」

「嗯，幹嘛說這種事？我知道啊。」

「……可悲的是，我受制於生物學上的性別觀念。我也覺得這樣很丟臉，卻無可奈何，我現在還找不到方法改變這樣的自己。我喜歡生理性別上的女生，所以，不管是美波還是你，我都沒興趣。」

「……是嗎？我完全……」

美波洋一郎和野野山葵，是外表中性、感覺不太出來性別的男生。我一開始會說彼此的世界不一樣就是這個緣故。他們散發出中性氣質，平常周圍都是女生。從外人的眼光來看，他們跟一般感情要好的男女生不同，看起來更加親近、不可思議；但從那些女生的角度來看，美波和葵應該是可以聊女生話題的愉快夥伴吧。

不過，美波和葵有所差異。美波喜歡女生，野野山葵則喜歡男生。正確來說，是喜歡我。

這幾年，像美波和葵這樣外型中性的男生相對增加，乍看之下會覺得他們像同性戀，但他們在性向上都表明自己是異性戀。至少，在高中這種村落型社會裡，有很多人不會打破異性戀者的立場。雖然實際狀況或許各有不同，但就算其中有幾成的同性戀者，大部分的案例都不會說出來。因為這個國家對於社會性別的意識還很落後，非常容易出現膚淺的歧視。

因此，當葵在圖書館對我做出那種舉動之前，我從來沒想過他會真的跨越生理上的性別差異。

從我這個徹頭徹尾喜歡女生的人看來，那是完全不可理解的行為。

「我覺得你搞錯好幾個重點。我或許不曾拒絕過你的示好，也對美波很溫柔，不過，其中完全沒有戀愛的情愫或是追求的企圖。我不會對有企圖的人溫柔，反而會採取欺負人的態度；若是再更進一步喜歡對方的話，則會變得什麼都做不出來。能溫柔以待的時候，就是對那個人完全沒有興趣的時候。」

「你今天是為了訴說自己是一個受到八股價值觀束縛的人才叫我過來的嗎？遜斃了。」

我搖頭。

光是這樣還不能說我獲得真正的自由了。

還必須丟出一個更大的賭注。

「其實——剛剛跟你說的那些『都只是鋪陳』。」

「咦？鋪陳？」

「我其實被你吸引了。不過我父親是個恐怖的男人，他深信要將我培養成一名男子漢。所以，我今後也不能表明自己喜歡你，一輩子都不能。」

這是百分之百的謊言。我的舌頭可以流暢說謊到這個地步，就某種意義上而言還滿可怕的。我有點害怕起自己了。

「你這樣不會很痛苦嗎？」

「痛苦……也沒辦法。我無法忤逆父親，只能將生理性別當作社會性別活下去。」

「我其實也是這樣。在家說話的方式跟在學校的說話方式完全不同。爸媽都以為我是個冷淡的兒子。」

葵的家庭背景似乎很複雜。他抱住我，我沒有躲開，接受葵的擁抱。

「我們同病相憐。」

「我們不像喔。你有強烈的自我，在這個社會性別意識還不發達的國家、在這個村落型社會中，仍能表明這樣的自己而活，這是一件很厲害的事。我卻連承認自己感情的勇氣都沒有。」

「你錯了。你必須更堅強才行！」

葵的臉龐逼近，我馬上知道他想吻我，但我沒有拒絕。雖然我的價值觀無法變得跟他們一樣，但我想懲罰只從生物學觀點看待性別、懷抱膚淺價值觀的自己。

我就像《審判》的主角面臨處刑般，對自己宣判死刑。這正是對我看不見的罪所做的懲罰。我十分清楚，就算白白犧牲也無法改變自己的性別，就像葵一樣。

其實性別什麼的都無所謂了，重要的只有一件事，那就是我比世上任何一個人都還愛著架能風香。

「葵，謝謝，我會將剛剛的吻帶進墳墓裡。」

我微笑說完後起身。

「再見了。」

「謝謝你，明明喜歡女生卻做到這個地步。」

「……咦？」

被拆穿了嗎？

葵呵呵地笑出聲。

「你今天的態度及格了，所以我原諒你。」

「……謝啦。」

疲憊感一口氣向全身襲來，幾乎令人想倒在現場。然而，我展露優雅的笑容離開葵的身邊，葵也沒有阻止我的意思。靜靜送我離開的葵，看起來比過去任何一個時刻來得美麗耀眼。

那是對岸的光景，我則走在自己狹隘價值觀的邊界。這樣就好了吧？一股欲望突然降臨——風香中毒。風香風香風香……我邊低吟邊離開公園，跑向S公園站。我再次想到，我到現在還沒有風香的手機號碼是個大問題。風香差不多該告訴我手機號碼了吧？不，她是不是根本沒有那種東西呢？

「沒想到你終於連男生都不放過了。」

通過剪票口時，一名小學女生朝我開口。不，仔細一看——不是小學生。

「風香……」

她是想變裝嗎？風香今天把安全帽改成黃色，還細心地背了紅色的小學生書包。

「那不是接吻，只是被親了而已。」

「你的個性真的很吃虧耶，我學不來。或許再沒多久謊言就會成真，你會喜歡上男生也不一定喔。」

「我沒有那麼大的潛力。不過，我會想說謊，大概是覺得性別差異說到底不是什麼大問題吧。」

「嗯，所以？」

「我認為我將來也不會喜歡上生理性別上的男生。不過，如果妳轉換性別變成男生，到時候我應該會毫不猶豫地接受一切。」

「嗯，你現在又在拐彎抹角地示愛嗎？」

「雖然很驚訝妳認為這樣是拐彎抹角，但大致上來說沒錯。我有個請求，可不可以用妳的吻幫我覆蓋剛才的吻？」

「不可能。」

風香迅速回答。同時間，電車也進站了。

我們搭上車，坐在空位上。

「聽我說，你對我說那些話，我並不是不高興喔。不過，我就像《審判》的結局一樣，被宣告不知道什麼時候會死。」

「被宣告會死？誰說的？」

不用說，我腦海裡浮現的當然是月矢，令風香遠離我身邊的男人。他不只管束風香，甚至有宣判她死亡的權利嗎？簡直像是有蚯蚓在身上爬似地，我的背脊竄過一股討厭的感覺。如果是那個冷酷的月矢，就算說他掌控了一名少女的生命也不稀奇。

強烈意識到自己是因為某人而得以活命的人，如果聽到某人要自己死去的要求，便有選擇死亡的危險性。因為扭曲的環境會衍生出扭曲的道理。

「妳太受哥哥束縛了，離開那個哥哥生活對妳比較好。」

「跟月矢哥沒關係。」

「只是妳自己這樣認為罷了。」

「不是，你明明什麼都不知道！」

風香說完這句話時，電車停下，車門打開。我們抵達所無站，風香在同一時間飛奔而出。

「等一下，風香！」

所無站的月台上，人群摩肩接踵。我撥開人群，盡可能鎖定風香的背影前進。

然而當風香爬上樓梯後，我不知道她轉往那個方向。如果風香打算回家，應該會轉向東口所在的右側，我碰運氣地轉向右邊。

就在我轉向的下一秒——

東口附近傳來人群的騷動。

「誰叫一下救護車！」某個人尖叫。

該不會——

我跑上前，看見東口前聚集了人群。外頭不知何時下起雨。七月底的雨，舒緩炎熱的同時也帶來滯悶的濕氣，不知從哪裡傳來難聞的氣味。

位在人群正中央的是——風香。

不過下一瞬間，人群像摩西過紅海般迅速分開，讓出一條路。

「我是警察，請讓一下。」

現身的是架能月矢。他出示警徽打開道路，直接抱起風香離開。不過，他看到人群中的我後，停下腳步。

「我也跟你去。」

我想都沒想便擋在月矢面前這樣說，月矢靜靜地搖頭。

「讓開，少年，現在不是你出場的時候。」

「可是……」

「我要以妨害公務執行的罪名逮捕你喔。不只你的父母會很傷心，對你的未來也會造成很大的傷害。這樣好嗎？」

「你辦得到的話就試試看！」

我要從這傢伙手中把風香搶過來，否則，我永遠無法和風香交往。如果現在必須做個了結也無所謂。

然而月矢閉上眼笑了出來。接著，他用冷靜的聲音說：

「我再說一次，讓開。還是風香死掉也沒關係嗎？」

「咦……死掉……？」

我因為意想不到的話語失去冷靜。這是什麼意思？

我確認月矢懷中的風香表情。風香雖然虛弱，但勉強睜開眼睛後，以微微顫抖的雙唇吐出話語：

「拜託……聽話……」

我無法理解狀況。唯一明白的，就是這不僅是月矢一個人的意見，風香也不希望我同行。還有，這是攸關風香性命的問題。

我讓開路。無關乎自我意志，雙腳自己後退了。我眼睜睜看著汽車安靜駛離，連一點引擎聲都沒有。好屈辱，但是，我除了讓出一條路，沒有其他能做的事。

像隻狗。我無疑就像隻狗，自由得能盡情擁抱恥辱、嫉妒、擔心、焦慮和寂寞，還能搖搖尾巴。

七月底的雨有多少，我的罪便有多少。我成了一隻落水狗。我想著今後我與風香的命運，不論是黑暗或光明，只要我沒改變，就什麼都辦不到。

但是——該改變什麼呢？

——請你成為卡夫卡吧。

耳畔只聽得到風香的聲音。

風香曾幾何時的聲音在雨絲間鼓勵我，我在那道聲音的引領下飛奔向前。

為了快點回家敲打文字。

我要成為卡夫卡。

我要成為卡夫卡。

我前所未有、深切而強烈地盼望著。

這麼做時，非常像一種祈禱。

一名火伕的戀愛紀錄　其三

風香實在太遲鈍了。

我完成了那麼多優秀的「工作」，她竟然不跟我道謝，也沒對我微笑。我漸漸覺得自己對風香的感情是多餘的了。我身為火伕的經驗已經達到相當高的境界，卻似乎完全沒有接近風香的心。

她應該更感激我才對。為什麼她不明白呢？

我知道這是惱羞成怒，但每個人對自己的工作都有一份驕傲，希望身負驕傲完成的工作可以接受正統的評價吧？

不行了，既然如此，看來是時候執行最後一項「工作」。

我提筆在信紙上寫下文字。當然，我是用左手以防別人查出筆跡。

今晚是妳最重視的男友的火葬派對。

不過，我會給他機會。

如果他能運用那個機會，就不會有火葬派對。

接下來會怎麼樣會怎麼樣會怎麼樣呢？

我好期待好期待好期待。

K

這樣就好了。希望有稍微將我開心的心情傳達給她。我已經確定，她愛的不是我而是他。既然如此，只能消滅他了。幸好我是火伕，已經累積相當多的經驗。我這麼盡心取悅她，她卻沒有發現，實在太過分了。這次一定要讓她發現。然後，訴說吧。對我訴說妳內心的恐懼。

一字、一字，慢慢地說。

一如往常寫完作業後，我用冬天剩下的燈油開始製作汽油彈。這是最後的「工作」，所以要格外用心才行。

最終話　必須繞遠路才趕得上

1

在放暑假前兩天的第四堂和第五堂課中間，我接到一通沒有顯示來電號碼的電話。當時，我剛好重新在看自己最早寫的小說，一篇運用《司爐》的失敗作。

「啊啊，不行……這個果然不能用。」

正當我自言自語時，手機響了起來。我平常不會理沒有顯示號碼的來電。這幾天我一直擔心在所無站昏倒的風香，沒有心情和陌生人說話；加上一想到月矢的臉，一種不知是憤怒、嫉妒、厭惡還是全部包含的感情，便一直驅動我的神經。

不過，我這天不小心接了電話。一按下通話鈕，電話那頭也傳來鐘聲，看來對方也是在學校打電話。

『告訴你一個架能風香的祕密吧。』

我雖然確定電話那頭是男生的聲音，但無法判斷出年齡。對方好像用紗布手帕壓住嘴巴的樣子，聲音模糊不清得很奇怪。話說回來，他說「風香的祕密」？

「你是誰？」

『你不想知道嗎？』

男子強硬地這麼說，接著單方面地指定時間和場所後便掛掉電話。

因此，我才會在這天放學後前往體育館倉庫後方。這有可能是一種偷襲手段，花名在外的人，就是會在自己也不知道的地方得罪別人。我手中握著沙子，雖然我打架不算厲害，但朝對方眼睛灑沙的話，便能提高獲勝的機率。如果是卑鄙的打架，我過去也有頗值得驕傲的勝率。

此時電話響起，螢幕上顯示「公共電話」。

「喂？」

又是剛才那個男人吧？不過，為什麼這次要用公共電話？我還在訝異，電話那頭意想不到的聲音便回答：『是我。』

是風香。

「妳知道我的電話號碼啊？」

『我沒有不知道的事。』

風香應該是趁我離開座位時，擅用我的手機調查的吧？隱性跟蹤狂應該可以若無其事地做到這種程度的事。

『我今天中午也打過一次，為什麼不回我電話？』

「中午？」

手機沒有來電顯示，或許是風香打錯了。

『總而言之，我希望你馬上來探病。』風香說。

「咦？探病？」

『真不要臉耶。我之前昏倒了喔，你也在現場。』

「我的確是在妳昏倒的現場。」

『我現在也還在住院。岡嶋醫院，離學校很近。』

岡嶋醫院的話，放學回家也能順路過去。要是知道她在那裡住院，我就會更早去探病了。

話說回來，還在住院表示她的身體狀況不太好嗎？

「妳是生病嗎？身體現在怎麼樣了？」

『謝謝你的擔心。其實我的卡夫卡快用完了，好痛苦。』

「咦……」

原本以為風香在開玩笑，但她的聲音很嚴肅。雖然不知道風香是因什麼病而住院，但我知道她沒有滿足卡夫卡癮頭兒的狀況應該很嚴重。

「要我帶什麼短篇集過去嗎？」

『比起短篇集，讓我看你寫的小說。』

「咦？我寫的嗎？」

『我想看「卡夫卡」的新芽。』

風香出乎意料的要求讓我說不出第二句話。這陣子以來，我的確一直持續寫作，直到不久前才終於開始寫長篇故事。跟之前向《在流刑地》致敬的內容不一樣，書名是「陷城」，靈感來自卡夫卡的《城堡》。

主角是我，深海楓（Fukami Kaede）。故事中以名字的羅馬拼音第一個字母K來表現。K自稱是法蘭茲・卡夫卡的轉世而前往某座村子，傳聞那座村子裡有許多熱愛卡夫卡作品的居民。然而，當K實際抵達村子後發現，那裡沒有一個人對卡夫卡有興趣。不過他聽說位於街上一隅的古老城堡中，住著一名蒐集卡夫卡書籍的女性。K在聽著居民敘述的過程中，相信這名女性就是很久以前對自己說「請成為卡夫卡」的女性。

K請求見這名女性一面，卻始終無法獲得許可。女性和沒有血緣關係的哥哥住在

一起，似乎是那個男人一直不同意的樣子。

某天，K終於得到見面的許可。K在城堡僕人的帶領下出發，然而目的地不是城堡，而是其他地方——

這個故事以卡夫卡的《城堡》為基礎，故事舞台從頭到尾都是在現代。老實說，我也不知道故事接下來會怎麼發展。不過我知道一件事，那就是這個故事的結局應該會開創我和風香的未來。因為我就是為此而每天寫小說。

虛構的世界裡擁有驅動現實的力量。那並非強制的力量，而是在靜寂中以緩慢、反思的方式在現實中發揮作用。

『你每天都很努力成為卡夫卡吧？』

「沒錯。」

『你手上現在有小說原稿嗎？』

「我是有昨天晚上列印出來的部分啦……但還沒寫完喔。」

今天早上我將滿滿的原稿放進書包，原本打算等一下重新看一次修改內容。

『沒關係。』

「我知道了。」

風香迅速告訴我病房的號碼。

『今天的班會時間是四點二十分結束，你現在已經放學了吧？』

我看向時鐘，四點二十九分。要告訴我祕密的人差不多該現身了。

「嗯。」

『那你四點四十分會到吧？』

「咦……」

傷腦筋。現在馬上出發的話，大概可以從容地在四點三十七分抵達醫院，但為了知道風香的祕密，我等一下必須見某個人才行。

「我稍微處理完事情後馬上過去。」

『意思是，你覺得有事情比我的性命還重要嗎？』

「……沒有，嗯，沒有那種事情啦，哈哈哈。」

『一點都不好笑。』

「對，完全不好笑。」

『那你現在能馬上過來吧？』

「我知道了，就這麼辦，我現在馬上過去。」

總之一分鐘後，如果叫我過來的人依約現身，我就速戰速決。就算不能給對手致命一擊，只要問出風香的祕密就要收手。

『那我等你喔。』

說完，風香馬上掛斷電話。她大概是投了十塊錢打電話。雖說是在醫院，但這個時代竟然還在用公共電話，她果然沒有手機吧？

不過——我的腦海裡閃過一個事到如今才想到的疑問。為什麼神祕電話的主人會想跟我說風香的祕密？他說了有什麼好處嗎？對方跟我說了風香的祕密後，會因此得到什麼利益嗎？

腳步聲接近。

現身的——不是男性。

站在那裡的是全校第一美女、擔任學生會長的高三學姊，松澤實玖。

2

「實玖學姊，怎麼了嗎？」

是單純的巧合嗎？但有事到體育館倉庫後方的傢伙應該不多……籃球社或排球社

的人就算會去倉庫，也不會來倉庫後方。

可以的話，我想盡快趕走對方，因為我等等必須問出風香的祕密。如果實玖學姊在現場，那名男子可能會有所戒備，打消跟我說祕密的念頭。

然而，此時發生出乎意料的事。

實玖學姊緊緊貼上我的身體，不肯離開。她簡直像變成一隻水蛭，緊緊附著在我身上。學姊的頭髮飄散著一股柔軟的玫瑰香。

「等等，學姊？」

儘管我試著抗拒，但她將柔軟的胸部逼近，阻止我抵抗。

「我一直喜歡你。」

「……想不到學姊認識我，真是我的榮幸。」

這是真的。因為學姊是學生會長，我認識她理所當然，但從學姊的角度來看，我則是個無名的一年級小鬼。

「我從開學就一直注意你囉。」

「注意我這種爆炸頭？」

「真不好意思，我有個跟你同年的堂弟，他調查了你國中時代的各種事蹟告訴我，所以我知道你的本性。」

雖然知道原因了，但我現在很傷腦筋，必須早早讓她撤退才行。

「拜託，抱緊我。」

事態發展如我所料，學姊的雙眼依舊是神魂顛倒的神情。

「雖然可以但不可能。」

「雖然可以但不可能？」

「我可以抱妳，但不可能因為這個舉動產生任何意義。可 but 不可，就是卡夫卡。」

「還真任性呢。」

「對，我是個任性的人喔。討厭我了嗎？」

「我更喜歡你了。」

「不會吧……」

看來作戰失敗了。

「很遺憾，我不巧有喜歡的女生……」

「是風香吧？我知道。」

知道？為什麼？我喜歡風香的事，除了風香應該沒有人知道。還是實玖學姊的堂弟有特殊能力，連這種事都查得到？

「你看起來很驚訝呢。不過，這是當然的，我是學生會長，這所學校的事我大致上都知道喔，尤其自己感興趣的事更是會徹底調查。這是身為管理者的基本。不過很遺憾，風香不會屬於你。」

「為什麼？」

「你想知道？」

我點頭，然後發現——

「叫我出來的人該不會是妳吧？」

「沒錯。我心想拿風香的祕密當誘餌，你一定會來。我的預測沒錯呢。」

「妳為什麼不自己打電話？」

「因為我不知道你的電話號碼，所以拜託了堂弟。」

她堂弟知道我的電話號碼嗎？這所高中裡知道我聯絡方法的人不到五個，我沒聽過他們之中有誰是實玖學姊的堂弟。不過，要想知道手機號碼這件事本身並不難，因為我曾把手機放在桌上離開位子過，可能有某人趁那時候偷看了我的手機，也很有可能是為數不多的朋友說出去的。

「那妳為什麼說風香不會屬於我？」

「風香會永遠受到他的控制。」

「嗯……他？他……是誰？」

我覺得應該是月矢，不過我決定裝傻到底，看看對方了解到什麼程度。

「他就是他，愛著風香、一直守護她的人。只要有那個人在，風香就能永遠幸福。風香也希望永遠和那個人在一起。」

學姊大概也發現我在試探她，不肯輕易說出那個人的名字。不過，從「守護她的人」這句話一定會聯想到月矢，過度保護、總是馬上從風香身上剝奪自由的男人。

「學姊為什麼要告訴我這種事？」

「因為我希望你放棄風香。但我不會因為要你放棄而說謊，我只說實話。」

「我有什麼理由相信妳？」

「你只能相信我。因為我拋棄了過去在學校建立起來的地位，像這樣奔進你的懷裡。沒有相當的決心是做不到這種事的。如果你想踐踏這一切，你也必須表現出相對的決心。」

受到實玖學姊這樣的女生喜歡，沒有一個男生不會欣喜若狂吧？成績頂尖、全校公認第一的性感女神，這樣的學生會長是人人豔羨的對象。不過，這裡就有一個例外。

我看看時鐘，四點三十四分。差不多該告一段落，否則我就慘了。

問題是實玖學姊所言的可信度。如果實玖學姊說的話是真的，我的確沒有再繼續等待風香的意義。

可是——所謂的戀愛是一種策略嗎？

這幾天，我假設了各種情況。如果月矢和風香兩情相悅，我就是在打一場從一開始就贏不了的比賽。不過，即使如此，我的感情也不可能收回來。

實玖學姊想藉由公開風香是屬於誰的事實讓我放棄風香，但這件事對我發揮不了作用。

「學姊，可以請妳離開我嗎？」

「為什麼？我不惜捨棄任何事物喜歡你，你卻這樣。還是說，你討厭我嗎？」

「不是的，只是我對妳的心情和對風香的感情完全是不同層級。風香屬於誰與我無關，這跟學姊不惜捨棄任何事物愛我是一樣的。不管我屬於誰，學姊應該都可以接受吧？如果學姊不惜捨棄任何事物的話，可以請妳先丟棄對我的依戀和嫉妒嗎？」

「怎麼會……」

我順著實玖學姊的感情邏輯駁倒她。就算是學生會長還是其他什麼身分，一個人類的自我其實非常渺小。不用說宇宙，也不用提到整顆地球的規模，即使只是跟體育館的倉庫相比，她的存在也夠渺小了。

明明是如此渺小的人類，卻覺得可以憑藉一個情報隨心所欲地操縱我，未免太過可笑。

實玖學姊的確美麗，但只是塵世裡的美罷了。

「實玖，妳很漂亮。」

我收起尊稱這麼說，實玖學姊的臉變得比蘋果還紅。變成那種眼神後，儘管我什麼都沒做，學姊的表情卻像我已經對她什麼都做了。明明我只是摟著她的腰而已。

「不過，很抱歉，能給妳幸福的人不是我。妳回去吧。」

「咦？騙人……」

雖然實玖學姊臉色發青，但因為剛才那瞬間的魔力還在，所以無力抵抗的樣子。她甚至無法阻止我離開。

我背對她，邊走邊繼續說：

「有一天妳可能會想起今天的事，然後妳會發現，重要的不是對方怎麼想，而是自己應該往哪裡走，這就是戀愛。妳就貫徹對我的專情吧，而我也會貫徹我的感情，打開通往明天的大門。」

實玖學姊心裡一定將我昇華成一種莫名其妙的神聖存在。不過很遺憾，這世上真正神聖的事物唯有架能風香而已。

就算風香屬於某個人、受到誰的喜愛，而且風香又錯愛著那個人好了，這都跟我愛著風香的事實沒有任何關係。

我專心一意地前往醫院。四點三十六分，用跑的或許勉強趕得上。

不過那一瞬間，我發現一件事。

我不能就這樣前往醫院。

3

我衝進病房時是四點五十五分，已經超過我們約定見面的時間十五分鐘。那是一間單人病房，風香躺在床上打點滴。她一見到我，馬上生氣地瞪著我。她生氣也是理所當然，因為距離約定時間過了很久。

不過，我卻因為時隔許久終於能再看到她的臉而開心。一陣子不見，風香的臉頰有些凹陷，沒有戴著安全帽的長長黑髮披散在白色的床上，像條龍的尾巴。

「我來晚了，抱歉。因為班導把我留住，所以慢了。」

我從書包中取出小說原稿交給風香。

風香收下原稿，驚訝地看著我說：

「你看起來跑了很多路呢。」

「……因為我離開學校的時候晚了，想說得趕快過來才行。」

「唔。」

風香露出完全不相信的表情回應後，迅速翻看我的原稿。

接著說了一句：「還差得遠呢。」

「咦？果然不行嗎？」

「文法錯了。嗯，我可以先幫你檢查。」

「內容怎麼樣？」

「你覺得我可以一瞬間就看到小說的內容嗎？我收下這份稿子才幾秒鐘耶。」

「如果是妳，應該辦得到吧？」

「你在奉承吧？不要臉。」

「妳的身體狀況怎麼樣？」

「好多了。」

「真的嗎？妳看起來狀況很糟，臉色很蒼白。」

「真沒禮貌，那是因為醫院牆壁的顏色才會這樣。只要待在這裡，健康的人也會看起來像病人。我其實一點都不好，巴不得早一秒離開這裡。」

「可是月矢先生不讓妳出去？」

「算是吧。」

風香回答，移開了目光，像在隱藏真心話。

「關於這點，妳並不生氣。妳內心某處存在一個永遠順從月矢先生的妳。為什麼？」

「因為月矢哥總是為我著想，沒有其他理由。」

「妳不覺得月矢先生做了錯誤的選擇嗎？」

「思考這種事情對我來說沒有什麼意義。因為我被賦予的現在此刻，就是我的全部。」

「被賦予的，現在此刻——」

「在有限的時間內沒有合不合理的問題，只是閱讀卡夫卡來填補空白。我注定是閱讀的人，相對地，你則是注定書寫的人。至少，你那樣相信的話。」

「至少，我這樣相信的話。」

我像傻瓜一樣重複風香的話，調整呼吸。

「你剛剛有很重要的事吧？」

「咦？」

「你抵達這裡，打開門的瞬間有想像過嗎？想像我或許已經失去生命。」

「這——」

「你沒有想像過吧？」

「對不起。」

「沒關係，你有比我生命還重要的事情完全無所謂。說得也是，這世界上有比我生命還重要的約定是應當的，我並沒有那麼高估自己性命的意思。」

「不，不是這樣……」

「你看過卡夫卡的短篇小說《鄉村醫生》了嗎？」

「咦？」

「《鄉村醫生》。不要讓我說第二次，你看過了嗎？還是沒看過？」

「看過了。」

故事是這樣的——

有一位住在鄉下的醫生，必須前往離家十哩外的村落看診。然而馬廄裡沒有馬，反倒是豬圈中出現了兩匹馬與馬伕。醫生命令馬伕與自己同行，馬伕卻因為迷戀女僕羅莎說要留下來看家。

在馬伕的暗號下，被繫上馬車的馬兒開始奔跑，醫生不由分說地被載往目的地的村子。然而，少年病患看起來很健康。比起少年，醫生更介意和馬伕單獨相處的羅莎，想趕快結束看診。但此時少年的側腹周遭出現了傷口，村人當場將醫生的衣服脫掉，強迫醫生治療少年。

醫生好不容易安撫少年後趁機撿起衣物，掙脫後逃離村子，踏上回家的路。然而和來時不同，馬車遲遲不肯前進。

醫生赤裸著身體趕車，耳畔聽見村裡的孩子唱起羞辱自己的歌。因為這件事，醫生大概會失去工作，而待在家裡的羅莎一定遭到侮辱了。

然後醫生發現，一切已經無法挽回。

從開頭的「走投無路」到結尾發現「無法挽回」，卡夫卡以一種喜劇散文詩的口吻貫穿整則短篇故事。一如往常，故事裡呈現一個宛如惡夢的超現實世界，但脫離現實的氣氛也很濃厚，感覺像作者一口氣趁勢寫出來的內容。

風香提到這篇故事到底是想表達什麼呢？我訝異地想。風香看也不看我的臉說：

「你剛剛的心情跟那個醫生一樣吧？走投無路下，最後在這個時間抵達，然後現在心想自己做了無法挽回的事，對嗎？」

「咦？什麼事？」

「你想裝蒜嗎？從我面前消失吧。雖然我百分之一百萬早就了你是個騙子。」

「最近已經沒人在說『了』……」

「住嘴！」

「這、這也是古人的說法……」

「古人——說得好呢。我這麼生氣的原因也等我作古後再慢慢思考就好了，你是這個意思吧？」

「風香，妳今天有點奇怪。」

我終於發現這件事。今天的風香比平常更易怒，表情看起來也失去從容。

「是因為住院的關係才情緒激動嗎？」

「不是因為住院，是因為面臨死亡。啊啊，你看，講這種東西講著講著就五點了。我五點要做檢查，你回去吧。」

「面臨死亡是什麼意思？」

「我不跟騙子說，不要臉。」

「什麼騙子，我根本……」

「不對，你就是騙子。假裝一副急急忙忙過來的樣子，其實是繞遠路過來。」

我的心跳加快。

「什麼繞遠路……」

「你絕對有繞遠路，說什麼學校有事都是騙人的。你離開學校後，特地繞遠路來醫院。從學校到這間醫院幾乎是一直線，你卻故意偏離那條直線，繞去非常遠的如月家方向後才來醫院。不管你是為了什麼原因這樣做都無所謂，總之，只有今天你不該這樣做。」

風香氣得聲音打顫，我第一次看到她這麼怒火沖天的樣子。然後，我也了解到，當風香處於最高等級的憤怒時，連「噫！」都不會吼了。

「我最討厭你了！」

風香朝我丟出枕頭，我接住枕頭後輕輕還給她，她馬上又抓起枕頭再次丟向我的臉。我這次沒有再接住枕頭，因為我發現她應該會一直丟到我沒接住為止。

丟向臉部的枕頭，柔柔散發風香的髮香。

「出去……出去……」

當枕頭從臉上掉落時，我看到風香哭泣的臉龐。我第一次看到風香哭。最令我束手無策的是，讓風香這麼傷心的人，不是其他人正是我自己。

當風香捂著臉再次冷靜地說「出去」時，我領悟到一切已經無法挽回。

「我知道了。」

我只能離開。

闔上門的那一刻，門後響起風香的嗚咽聲，彷彿有幾千把刀同時刺入我的心臟。

為什麼——

為什麼風香會發現我繞路過來呢？

4

對天空嘆息是免費的，不必任何入會費或追加費用。我躺在長椅上盡情嘆氣。醫生或病患偶爾會經過我身旁。一位年老的病患似乎誤會了，鼓勵我說：「唉，生死有命。你還年輕，別太放在心上。」

每一處頂樓都有種類似的空蕩蕩氣息。在一望無際的空曠背後，散發一股濃濃的孤獨氛圍。夏天的熾熱不斷增加，像是要燒起來般連孤獨都要燒焦了，實在很令人受不了。

尤其是這間醫院的頂樓，憂鬱與空虛交纏，就連藍天看起來都像塗了一層灰色。

儘管如此，我始終沒有力氣從屋頂跳下去。我原本打算直接回家，但一回神，發現自己已經朝頂樓走去。

既然不管到哪裡憂鬱都如影隨形的話，至少我想對著天空繼續嘆息。

當我嘆了第一百六十口氣時，頂樓出現一道新的人影。

是架能月矢。

「少年，你來做什麼？是來讓她哭的嗎？」

月矢的話語責備我，另一方面，他的表情卻像被太陽麻痺神經般呆滯。

我想，要問的話，只能趁現在了。不知道是不是錯覺，月矢現在看起來比平常還願意敞開心胸的樣子。

「聽說你和她沒有血緣關係？」

「那又怎樣？」

「你其實把她當成一個女人在喜歡……」

我話還沒說完，月矢便笑出聲，接著靜靜說：

「不管什麼事都聯想到愛情是青春期的特徵呢。」

「我只是喜歡風香而已，只是一心一意地喜歡她。」

「那為什麼要惹她哭？」

為什麼——為什麼要惹她哭？好困難的問題。我的確惹她哭了。因為她明明要我快點來，我卻特意繞路。

都是因為這樣，我惹風香傷心了。風香或許懷疑我途中去了如月家。

我沒想過事情會變成這樣，當初應該更拚命從實玖手中逃走，然後早一秒也好，盡快抵達醫院。

「唯一可以肯定的是，我沒有說過不誠實的謊言。」

「不誠實的謊言，這是套套邏輯吧？」

「這世上有誠實的謊言存在。不過，只要稍微出現誤會就會變得很棘手。」

「你的意思是認為自己還有挽回的機會嗎？」

「算吧。」

「希望你能努力在那傢伙還活著的時候成功挽回。」

月矢邊說邊像是因為後悔說了這些話而苦笑。

「忘記我妹妹對你來說或許比較幸福喔。」

月矢留下這句話後，邁步離開。

「那是什麼意……」

然而在我起身提問時，月矢的身影已消失無蹤，想必是回到工作崗位上了。

——希望你能努力在那傢伙還活著的時候成功挽回。

風香果然罹患重大疾病嗎？如果是這樣，她今天奇怪的態度也就說得過去了，因為死亡近在咫尺而不知所措。儘管如此，她叫我回去我就照做離開了，或許她真正的想法與說出的話語相反也不一定。

我該這樣乖乖照風香說的離開嗎？

她應該一點也不希望我這樣做。

我右轉跨出步伐——

再次前往風香的病房。

5

醫院裡濃縮了生與死，那大概是因為不管是延長了生命，還是只剩下不多的時間，或是其他任何狀態——不管是哪一種，在這個空間裡都必須對生命有所自覺的緣故吧。

對我而言，這裡的氣氛還令人覺得窒息、拘束，不過考慮到這個國家的死亡率，我有將近一半的機率會在這個由白色牆壁和白色窗簾構成的空間中迎接死亡。

那樣的死亡，就在昂貴的抗癌藥物治療的盡頭等待著我。我不認為醫學存有陰謀，只是有許許多多人在這個只根據醫學標準、毫無虛假的診斷結果下，在這個空間失去性命。

醫學——先不論它正確與否，已經以權威的姿態在這個世界上擴展，其真實性有多高已經不是重點。其實，就算接受抗癌藥物治療，會死的人還是會死。我們不過是那遙遠無止盡的試驗場裡的其中一隻羔羊罷了。

風香一定也是如此，是龐大實驗裡的其中之一。如果跟醫生這樣說，大概會挨罵吧。醫生應該也不是抱著遊戲的心態，而是認真面對生命，希望能多拯救一個人是一個人。就算有百分之幾的人是為了權益、收入而為病患看診，但那個比例就跟這世界中占據一小塊空間的垃圾一樣。

許多醫生都是真摯認真地面對生命，即使如此，其中仍然存在著一種標準，一種名為醫學的標準。醫生根據他們的知識為患者延續生命，然而，實際上醫生對自己的無知有多少自覺呢？

舉例來說，他們真的了解風香的生命質地嗎？他們知道風香的笑容可以讓我的內心得到多少療癒、讓我的身體變得多麼輕盈，甚至還能消除我早上和母親大吵一架後產生的憂愁嗎？

我邊想著這些事邊在走廊上朝風香的病房走去，途中，看見一名身穿白衣的男子從她的病房走出來。那是風香的主治醫生吧。

「請問……」

我不由自主地開口喚住了醫生。

「有什麼事嗎？」

對方邊看著病歷邊冷淡地回答。

「風香有救嗎？」

醫生終於抬起頭，目不轉睛地看著我。他扶了一下眼鏡說：

「你是風香的朋友嗎？」

「嗯，算是吧。」

「我想盡可能讓她在無痛的狀態下過去。」醫生說完嘆了一口氣：「我打算不惜一切努力辦到這點。」

醫生只說了這句話便快步離開。

盡可能無痛的狀態——

意思是至少消除她的痛苦嗎？若是如此，表示風香的生命已經面臨最終階段。

我走向前。大概是走向前。我似乎沒有用力，像浮在空中一樣。

我抵達病房門前。

風香正拿著紅筆之類的東西在我的原稿上揮灑。

發現是我後，風香沒看我的眼睛，維持望著原稿的姿勢說：

「我剛剛說得太過火了。」

「大家都會這樣。」

「但你的確說了謊，重點是為什麼要說謊。我剛剛說不管是什麼原因都無所謂，但我錯了。『為什麼』永遠是最重要的。我一時歇斯底里，忘了你就是你，關於這件事我很抱歉。」

「沒關係。」

「的確，你說謊了。不過，那是因為你有個無可救藥的小誤會。」

「誤會？」

「沒錯。味道這種東西不會消除，而是增添上去的，原本的味道不會消失。那個味道是學生會長松澤實玖學姊擦的玫瑰香水。你見過實玖學姊吧？」

「……嗯。」

我無奈地點頭，不可能敷衍過去，沒想到風香能聞得出實玖的香水味。

「起先你進來病房的時候，我注意到的是上個月聞過的菸草味，所以我知道你在我的電話後，故意去了菸草工廠那裡才過來。」

風香吞下接著的話語。

我沒有指出她是不是懷疑我去見如月詩織。

「可是你離開病房後，我聞到最後丟向你的枕頭味道時，發現裡面有淡淡的玫瑰香氣。因此，我稍微看到了『為什麼』。你是為了隱瞞自己見過實玖學姊才特地繞遠路。你想用味道混淆味道。我想到上個月學到的知識，只要經過菸草工廠，衣服一定會沾染那股菸草味。如果是這個季節稍微流過汗的襯衫，就更容易沾染味道吧。所以，你才一定要繞路。正因為你很急，才只能選擇繞路。」

我無力地點頭。

「妳說的沒錯。我不希望妳討厭我才會繞遠路。我以為這樣做妳就不會發現我身上沾到的味道。不過，我和實玖學姊之間真的什麼都沒有，也不是明知要和妳見面，還故意選會遲到的時間見她……」

「我也知道是這樣，才有辦法注意到自己誤會了。這是某個人的計謀。你被某人叫出去，雖然沒時間卻仍得見實玖學姊一面。你應該有必須這麼做的理由吧？」

「這個嘛……嗯……」

我又不能說是因為想聽風香的祕密才會去見實玖學姊。

「會讓你把跟我的約定放在一旁而去見某人，動機只有一種，那就是跟我有關。」

「妳真有自信呢。」

「因為這是事實吧？」

真是銳利得跟圖釘前端一樣。

「縱然實玖學姊以跟我有關的某件事為誘餌，但如果沒有人向她獻策，她一定想不到這個方法。即使是學生會長，想得到不同學年的男生喜歡誰這種超級私人的情報，也一定要在那個年級有人脈才行。」

「她說她有個堂弟。」

但是我想不到和實玖學姊同姓的人。誰是她的堂弟呢？

「只知道她有堂弟無法當成線索，不過，那個人一定處於能夠一直觀察你的位置——是我們班的某個人吧？」

同班同學嗎？就算這樣，全班總共將近四十個人，要從裡面鎖定某人絕非易事。

「要鎖定向實玖學姊獻策的人，只要思考實玖學姊和你見面的好處是什麼就很簡單了，也就是『讓你沒時間和我見面』。」

「可是，如果妳沒有打電話來的話，我連妳住院的事都不曉得……」

「我中午打過一次電話給你，那時候是別人接的。對方跟我說你離開座位，等你回來會馬上告訴你。」

「什麼……？」

我中午一個人吃午餐，之後沒帶手機去廁所。意思是某個人在那時接了風香打給我的電話嗎？那傢伙一定把來電紀錄消除了，所以我沒看到來電通知也很合理。

「從聲音只聽得出來對方是男生。如果那個人是我的跟蹤狂，也有可能事先調查了我住院的事。這麼一來，就會因為來電是公共電話而懷疑我今天會約你見面吧。這是很自然的推測。也就是說，犯人是不希望你和我見面的人。」

只有這些情報的話，我想得到的嫌疑犯要多少有多少。現階段而言，可以說全班男生都是犯人。

知道我和風香關係的人，是誰呢？我明明非常小心謹慎，盡可能避人耳目，不但走小路回家，還徹底隱藏喜歡風香的心意，所以不可能會露出馬腳。儘管如此，卻仍被發現了嗎？

這時候，風香突然趴下。

「怎麼了？」

「快……緊急求救鈴……」

我沒有時間思考，急忙按下風香枕頭後方掛著的緊急求救鈴。護士立刻跑來風香身邊，把我趕出病房。

「接下來禁止會面。」

這句話像一把揮下的斧頭，冷酷地砍入我的胸口。等等，我一件重要的事都還沒傳達出去啊。

風香果然身患重病。

——是因為面臨死亡。

我們會因此永遠都無法再說話什麼的並非玩笑。

我有生以來第一次祈禱。此時我第一次知道，祈禱是一種戰鬥，戰鬥對象是對於無法實現的恐懼——不管那是多麼小的事。

我認真地祈禱，希望我和風香包覆卡夫卡荒謬表皮的世界不要毀滅。

所謂的祈禱，是集合了厚臉皮又自我中心的東西，是了無新意、充滿自私的欲望。用漂亮言語包裝這些欲望而祈禱的話，老天爺會笑吧？會因為笑過頭，眼淚積成池塘、化成大海吧？祂最後會扮成摩西分開那片大海吧？祂會輕快地跳過那片分開的大海吧？如果是這樣，我可不原諒。不，就算是這樣我也原諒，但請務必救救風香。請救救她。拜託，拜託，拜託。因為我的貪得無厭而笑得快死掉也沒關係，請救救她。

可是，有相似遭遇的人一定都會跟上天祈禱，而老天爺反正也不可能答應所有人的請求。

話說回來，真的有神存在嗎？

所謂的神是什麼？是一種狀態？運氣？還是力學？或是這一切呢？不能稱祂為荒謬大神嗎？因為，如果將這個很容易出現荒謬的世界取名為荒謬大神，就好像無法控制荒謬，所以才用「老天爺」這種說法帶過吧？

不過，如果不管稱之為老天爺或是荒謬大神，荒謬都不會消失的話，我還是老實地稱祂為荒謬大神吧。荒謬大神——或是身為這個記號的卡夫卡大神。

卡夫卡大神，請保佑她。

此時，走廊上響起走近的腳步聲。

是月矢。

「我害怕的事發生了嗎……」

他抱著頭。

「害怕的事？」

「發作。那會危及她的性命，時間可能不多了。」

「……她的病名是？」

「慢性呼吸衰竭。健康的時候跟普通人一樣，但如果引發呼吸衰竭，可能明天就會停止呼吸。她罹患的就是這種病。」

「沒有治療方法嗎？」

「有接受治療啊，但最後還是得看上天的意思。她在戰鬥，我能做的只有祈禱。」

我因此想到一件事。

「難道說，你會來學校接她是……」

「因為不知道病情什麼時候會發作，我希望盡量不要增加她心臟的負荷。」

「原來如此……因為這樣，你才會氣我帶她去遊樂園嗎？」

「因為她如果搭了風險性高的遊樂器材，心臟不知道會怎麼樣。激動會一瞬間奪走她的生命。」

我想起風香搭了「尖叫橋」後淚眼汪汪的樣子。

——才不誇張，是真的差點死了。

那是她發自內心的真心話。

「但我最害怕的是她談戀愛。你別誤會，我不是因為嫉妒才這樣說。我害怕的是心跳因為戀愛而加速。青春期的孩子會因為戀愛這種事一下子高興、一下子難過。像風香這種慢性呼吸衰竭症的患者，即使是普通地談戀愛，也會讓她暴露在危險中。我害怕的就是這件事。」

我誤會了，我一直以為月矢對風香懷有超出兄長身分的感情。

但是——並非如此。

「總之，我們現在只能祈禱，除此之外無能為力。」

「……嗯。」

沒錯，因為我們現在正處於一個只有祈禱自由的不自由世界。我祈禱，專注地禱告，心中不停反覆念著卡夫卡大神、卡夫卡大神……

我回到醫院大廳時，看見一道很熟悉的制服背影。

「喂，等一下！」

那個人當然沒等我就逃走了。

但我馬上從對方逃走的方式知道他是誰。

那是我的同班同學，廣瀨浩二。

浩二——為什麼？

邊走邊思考感覺比停下來思考稍微有進展。我決定利用這種錯覺思考浩二出現在醫院前的意義。在思考過程中，無論如何也想不到那之外的可能性——

廣瀨浩二就是實玖學姊的堂弟吧？而浩二也喜歡風香，所以才會利用迷上我的實玖學姊，破壞風香和我的感情。

這麼說來，浩二以前曾試探我是不是在和風香交往。浩二那時候就已經喜歡風香了吧。

嗚笛聲。醫院外響起救護車進來的聲響。我把握這個機會，搜尋手機裡浩二的電話號碼，毫不猶疑地撥出。我和浩二剛開學就交換手機號碼了，當時我沒想到他是個這麼煩人的傢伙，早知道的話就不會跟他互換號碼。鈴聲響了五聲後，浩二接起了電話。

「喂？你現在在哪裡？」

『嗯？怎麼了？我在學校。』

我從電話裡聽見救護車的聲音。

「真的嗎？你不在醫院附近嗎？」

6

『……你在說什麼啊？好奇怪。』

「別說謊了，是你吧？是你讓實玖學姊過來的。你為什麼要做這種事？你喜歡風香嗎？」

浩二沉默。他以為沉默就可以帶過一切嗎？還是他怕我報復？

「浩二，我也告訴你一個風香的祕密當作回禮吧。如果你很喜歡風香的話，這個祕密聽了不會吃虧的。風香可能快死了。」

『……這種玩笑對我沒用。』

「好像是一種叫呼吸衰竭的病，治不了。她現在發病了，可能明天就會死掉，誰也說不準。她現在沒有意識，醫生正在治療中。你要來醫院一起等嗎？或許可以在她活著的時候再見她一面。」

『你騙人……騙人……』

電話掛斷。

我又撥了一次電話，但浩二沒有接。

知道風香正面臨死亡關頭的瞬間，他心中應該升起了一股恐懼吧？那應該是比被我拆穿這種小恐懼更加巨大、更加絕望的虛無。

如果他喜歡風香，不難想像那一定會是極為嚴重的虛無。

我打下簡訊：

『你有愛她到最後一刻的覺悟嗎？』

浩二沒有回覆，這就是答案。

我等了十分鐘後，又打了一封訊息：

『我有，甚至有替她撿骨的覺悟。』

打完簡訊後，我感到不寒而慄，沒想到自己有這種覺悟。不過一寫完這封簡訊，心中的這股意志便化為明確的形狀，強迫我抱持這份覺悟，然後為另一個想從這份重擔下逃跑的自己作嘔。

這股激烈的噁心感，令人懷疑是不是體內所有東西都要跑出來了。

之後，我在大廳耗了好幾個小時。自天花板垂下來的液晶電視正在播放內容無害的問答節目。節目中，如月彌生擔任笨蛋的角色，接連答出許多神奇的答案。

一位坐在我身邊的年輕病患自言自語道：「那張臉一定是整形的。」我回答：

「化妝也是整形。就這種意義而言，藝人什麼的全都是整形出來的，那個世界的所有人都有整形。你就這麼嫉妒那些想讓活著這件事稍微開心一點的人嗎？那你也去整形就好啦。」

我知道自己說得太過火，應該說，自己感覺像在施放惡意一樣。我們之間流過尷尬的沉默，這種事不該跟素昧平生的陌生人說吧。最後，那位病患起身說：「小鬼，謝謝你。如果能活到下個月的話，我就去整形。」

我重新確認一次那個站起身的人的樣貌。他身穿睡衣，氣色很差，鼻子接著輸入營養劑的管子。他也跟死亡近在咫尺嗎？而我可能嚴厲地批判了他宛如留給這個世界的喃喃自語。單純的惡意在一個人死前可能會成為一種劇毒。

我不後悔，反正是完全不認識的陌生人。不過我心想，對於死亡近在眼前的風香而言，是不是也一定會從無心的對話中感受到不同的意思呢？

晚上七點，月矢出現在大廳。

「我送你回家吧，少年。」

「我可以自己一個人回去。」

「別囉哩囉嗦的。今天一整晚不知道會怎麼樣，你在這邊等也無濟於事，走吧。」

月矢捉住我的手臂將我拉起來，丟進門外的車裡。因為太麻煩了，我沒有抵抗。

「你不怕嗎？不知道風香什麼時候會死。」

「怕啊，每天都害怕。不過大家都一樣。我是每天跟凶惡罪犯戰鬥的警察，不知道什麼時候會被別人從背後捅一刀。就算是你，也有可能因為邊出神想風香邊闖紅燈而死。在死亡面前，眾人平等。所以我每天懷抱著恐懼生活，就是這樣。除此之外還能做什麼嗎？」

「如果能替她生病就好了。」

「是啊，不過當事者不會這麼想。假設，想像你自己因為生病所苦吧，你會希望這份痛苦轉移到你所愛的人身上嗎？」

「……不會。」

的確不會這麼想。我應該不希望讓其他人背負痛苦吧，更別說是所愛之人。

「我們將當事者不希望的事想成『要是能這樣就好了』，只不過是種自我中心的思考。我懂你的心情，如果能用這條命幫助妹妹，我也想替她生病。但與其說這種自私的話，讓那傢伙做她想做的事、拚命達成那傢伙的願望才是真正為她好。如果那傢伙喜歡你，為了不讓你死，我就會好好送你回家。關門。」

好神奇的邏輯，但又好像哪裡說得過去。我第一次覺得月矢這個人很親切，最重要的是，我覺得他非常適合當風香的哥哥。因為他也跟風香一樣，有一套自己的生存哲學。

拚命做風香希望的事情……嗎？

風香希望的事——

夜晚的漆黑讓我聯想到從今爾後風香或許會永遠離開的世界，我強烈認為那樣的世界不該存在。但是，越是這樣強烈認為，越覺得自己應該做好這樣的覺悟。

車子停下，抵達家門前。我道謝下車時，月矢這樣對我說：

「雖然月亮離我們很遠，看起來卻很近吧？」

他從駕駛座的窗戶抬頭看月亮。今晚，天上皎潔的月亮特別大。儘管看起來如此巨大、接近，其實卻距離我們三十八萬四千公里，還經常隱沒在雲層中。

「是啊。」

我們想的大概是同一件事。直到剛剛，風香這個人——這個或許注定要到遙遠彼岸的人都還在我們身旁。那時候我甚至沒有好好觸摸她。如果一開始就知道她會變成宛如月亮般遙遠的話，我會更加瘋狂、更加死命地追求她嗎？

「總而言之，如果月亮再探出頭的話，到時候保鑣的位置就讓給你吧。」

月矢留下這句話，確認我關上車門後離開了。我回到家，一如往常地聽完母親的抱怨後，思考著：

風香消失的世界與風香回來的世界。

卡夫卡大神——

你會選哪一個呢？

卡夫卡大神持續保持沉默。

「對了，前陣子那件事啊……」

母親開口。我正想著她應該是指家庭會議的事，果不其然，母親出聲詢問：

「你跟我說實話，我不會跟爸爸說。」

老套的台詞，骯髒的謊言。這是沒有任何意義、被拆穿本人也不會覺得怎麼樣的謊言吧。

「那篇小說其實是你寫的吧？男主角的房間格局跟你房間一樣啊。」

這句話引起我激烈的厭惡感。一回神，我已靜靜回道：

「是的話又怎樣？什麼都要管，煩死了。」

母親說不出一句話。我把她留在原地回到自己房間，坐在桌前。

來做風香希望的事情吧。

——想要我喜歡你的話，請你成為卡夫卡吧。

我腦海中不斷迴盪著這句話。

我打開電腦，繼續創作寫到一半的《陷城》。我再也不用顧慮任何人，就算白白犧牲也一心奔向自由。

一名火伕的戀愛紀錄　其四

K′是個愚蠢的人，難得我給了他機會。

不過這麼一來，終於要開始最後的工作。就算是為了不讓人阻撓我對風香的愛，這件最後的任務也只許成功、不許失敗。

這次可能會出人命吧。

這也是沒辦法的事。

一切都是為了要讓風香自由。讓我看看妳感情的紋理吧，而K′是達到這個目標的阻礙。

我雖然問過K′好幾次，但他不承認喜歡風香。承認的話，我就可以早點工作了。他十分難纏。

不過我前幾天恰巧目擊他們在一起的畫面，正因如此，我對於執行最後一項工作才沒有絲毫猶疑。去死吧，騙子。

我剛剛也將給風香的信遞出去了，明天應該就會送到她的病房。

＊　＊　＊

這是怎麼回事……風香要死了。她會死？怎麼回事？意思是她會在和我彼此了解前，從這個世界上消失嗎？

她也會在火葬場中被燒掉嗎？不是經由我這個火伕的手，而是由別的火伕為她送葬嗎？

我無法忍受。沒有她的世界還剩下什麼？

騙人騙人騙人騙人。

對了，那傢伙在說謊。K′一定是在說謊。那個男人總是欺騙周圍的人，不值得信賴。他的目的是什麼？是嫉妒嗎？因為我要對風香出手所以害怕嗎？

你等著，我馬上就會讓你輕鬆。

現在幾點了？差不多是可以工作的時間了吧？

K′好像還沒回家，總之，我先準備吧。本來是想讓堂姐將風香的真相告訴K′，當他意志消沉地回家時，我再執行工作。不過作戰計畫意外失敗，因為K′前往醫院，我追在那傢伙身後埋伏反而被他看見，但立刻逃開了。結果，我還因為亂七八糟的情報慌了手腳。這次不會再這樣了。

我從包包中取出裝了燈油的玻璃瓶。

終於，一輛車停在K′的家門前。那是風香哥哥的車。K′一下車，車子就立刻駛離。我看著K′進入家中後，悄悄接近他家，點燃瓶子。來，消失吧，和我名字拼音第一個字母相同的男人。最近我也已經習慣汽油彈的重量，這比投擲鉛球還簡單。

我助跑好奮力擲出汽油彈。

「到此為止。」

背後出現一道聲音。是誰？可惡，在這種時候……

我回頭確認聲音的主人。

站在那裡的是架能風香的哥哥月矢，端整過頭的臉上露出過分優雅的微笑。他是我討厭的大人，宛如月光般靜靜閃耀的姿態令人厭惡，這個世界上明明只有火伕能為

虛無的黑暗點火

「廣瀨浩二，我以現行犯的名義逮捕你。」

月矢瘦削的手中拿著我寫給風香的信。

「我做了筆跡鑑定，白天去你們學校請校方讓我看你作業的筆跡。筆跡雖然很不相同，但有許多寫字習慣一致。憑這點就能證明信是你寫的。你在這封信上預告要在風香喜歡的男生家裡殺了他，所以有殺人未遂的嫌疑。多虧風香馬上將對方叫來醫院，你的第一次犯罪以失敗告終。我認為那時候逮捕你，你大概會狡辯，所以決定暫時觀察。如果我的預感正確，你應該會執著地鎖定同一個目標。結果如我所料，我送他回家後暫時躲在附近，就這樣成功阻止你犯案。」

「警察先生，你在說什麼？真是的，什麼犯案，不要開玩笑啦。」

「你手上拿的是什麼？好大的膽子，真虧你拿著那種東西，還能主張自己是清白的呢。」

我手中還握著汽油彈。

「……這是……哈哈哈……什麼呀……」

我打算逃跑。

然而，另一邊出現另外一名警察。

「你已經逃不了了。」

我將手中的汽油彈擲向一名警察，我意外的舉動令他一時反應不過來，對方因為移向衣服的火焰而驚慌失措，跳起神奇的舞蹈。

「可惡！」月矢啐了一聲，想過去同事那裡，我則趁隙逃跑。

「追～～～～追～～～～」

警察邊和燒到衣服上的火焰戰鬥，邊死命吶喊。

轉彎時，我的身體失去平衡，月矢以全身的力量從我身後撲來。

儘管我四肢著地，還是試圖從月矢的身體下爬走逃跑。我給他的側腹一記拐子，起身再次逃跑。這次一定要逃開。

然而──我的左腳動不了。

腳踝被靠上手銬了。

「糟糕……」

什麼時候？難道說，月矢在我們一瞬間交纏的時候便能做到這種事嗎？

月矢氣喘吁吁地將手銬另一端銬在路邊的反射鏡上。我可不要在這種地方被逮捕，夜晚是我掌控的帝國，是我的工作場所。火，只有火可以動搖她的心。不當火伕等於放棄了世界。只有這件事我──

「少年，你犯的罪狀不只一、兩條，你就暫時在這裡和逼近你的恐懼玩玩吧。」

月矢說完這句話便立刻跑開了，是想去幫忙同事吧。

有沒有辦法趁這個機會逃走呢？我脫掉左腳的鞋子，試看看能不能將腳脫離手銬。然而，所有嘗試都以失敗告結，手銬緊緊嵌入，腳踝流出血。

我只是想和風香互相了解而已啊。

已經無法挽回了。不是假冒的K′，而是我這個真正的K成為罪犯。

終曲

K被帶往的地方不是城堡，而是一棟醫院，裡面只有一群身穿白衣的男子。K雖然向他們表示想見那名要自己寫小說的女子，那群男人卻只是無緣無故地一個勁兒道歉，沒有要交出那名重要女子的打算。

離開醫院後，K發現了那群男子為何道歉。是不是那名女子曾經就在那間病房裡呢？那些醫生是在為治療失敗、無法延續女子的生命而道歉。

K回到城堡。城堡遭人放了一把火。

放火的人是女子的兄長。

——看吧！從月亮上一定也能看見這明亮的火光！

女子的兄長說完便投身於火焰之中。於是，K蒙上殺人、縱火的罪名遭到逮捕。

K大吼著詢問女子在哪裡，法官說：

——女子已經不在這個世界上。你為了與不存在之人的約定繼續寫故事，就是你最重的一條罪。

就這樣，K被帶往絞刑台。K仰望月亮，月亮看著K。然而，就在那一剎那，雲層掩蔽了月亮。不知是雲層先遮掩月亮，抑或是繩子先嵌入K的脖子。

如今，城堡遺跡成為禁止進入的區域，因為鬧鬼的傳聞誰也不敢靠近。過往巍然聳立而遮蔽了街上居民視野的城堡消失了，因此可以清晰地看到月亮，但現在已經沒有人會仰望月亮。

儘管如此，月亮仍在，K遺留下來的小說則在他死後廣泛流傳開來。當然，K真切希望對方能讀到這部小說的女子，並不存在那個世界裡。

隨著故事寫到尾聲，我發現自己的思考漸漸變得像卡夫卡。如果卡夫卡就是神，我便是一點一滴地接近神。

在此之前，我沒有必須寫的主題。一開始以卡夫卡的《司爐》為原型寫的小說，是火伕看中風香，以那名火伕為視角的「我」所展開的愛情故事，但內容很糟。

不過，在逐漸失去風香的現在，我覺得當初要是有在那篇故事裡尋求風香的輪廓就好了。在故事中尋求風香的輪廓，甚至描寫出遭逢無理剝奪的現狀，就會變得像卡夫卡。

我知道，要寫出像卡夫卡一樣的故事，最重要的是必須對自己冷酷。將虛無插入自己的胸口是件痛苦的事。然而，只要細細看透極為不合理的現實，將一切記錄下來，最後就會變成卡夫卡式的內容。

我繼續專心敲打鍵盤——迎接早晨。

不過當我清晨重讀一遍文章時，發現整篇故事看起來都像劣文，有如毫無文采的蟲子所寫的文章一樣。葛雷戈·桑姆薩，毛毛蟲。沒錯，我的文章現在還是毛毛蟲的程度。雖然寫作時感覺自己變成了卡夫卡，但感覺終究只是感覺罷了。

我背負徒勞無功的痛苦，一整晚沒闔眼直接去學校。當然，學校裡沒有風香的身影。就連教室這樣的日常空間，在我眼裡也已非理所當然，而是帶著「風香不在」的意義。

學校因為浩二被抓鬧得沸沸揚揚，對我而言卻是無所謂的小事。我雖然驚訝他是縱火狂，但要說意外的話也不意外。他以前就有些地方很扭曲。令我意外的反而是浩二深信自己是「火伕」這件事，他似乎出乎意料地很迷法蘭茲·卡夫卡。我想到浩二曾說過——

——別看我這樣，我可是很擅長往女人心上點火。

看來，他無法區分修辭學上的「火」和現實中的「火」。或許正因如此，他才會不小心踏入卡夫卡的迷宮。

還有一件百思不得其解的事，浩二是在我家旁邊遭到逮捕的，浩二為什麼會在那裡至今是個謎。雖然我趁月矢來學校向老師與同學詢問浩二平時狀況時問過他，但他不願意告訴我原因。昨晚似乎有一名警察受傷，不過沒有大礙的樣子。

班上越因為這件大事騷動，我心中就越清晰立體地浮現風香不在的事實。她的缺席當然刺激了我的風香中毒症狀，令我陷入束手無策的狀態。

放學後我前往醫院，卻因為病房謝絕訪客而無法見到風香，醫護人員對風香的詳細情況也三緘其口，月矢則大概是在工作而不見人影。

隔天、再隔天也是如此。

三天後，我決定不透過櫃檯，試著直接硬闖病房。我做好無論發生什麼狀況都能接受的覺悟，即使是最壞的情況也一樣。

然而當我下定決心打開病房房門時，裡頭等著我的是一名上了年紀的病患，一點也不像風香。我腦海中想到《變形記》的內容。某天早上醒來，風香變成上了年紀的病患。

不對不對，不可能有這種事。

應該要想，這裡已經不是風香的病房。

也就是說——

剛好，一名護士經過走廊。

「是什麼時候的事？」

我抓住對方的肩膀問。護士雖然驚訝地看著我，卻相對冷靜地回答：「昨天深夜。」

結束了——我在腦海中聽到濃霧包覆言語的聲音。安靜的「咻咻」聲，宛如按下噴霧劑一樣，腦海裡一片雪白。

接著，我心中浮現風香的笑容。不是生氣的臉龐，而是極為稀有的微笑和她雙頰泛紅的瞬間。我感覺到其中無限的意義。

一切都剝落，回不去了。

已經再也回不去了。

我現在抵達了與鄉村醫生得到同樣領悟的境地。

「怎麼會……」

我現在才知道，我什麼覺悟都沒有。外頭是盛夏，我的內心卻飄起雪花。激烈的大雪，令身心都凍結的大雪。因為太過冰冷，連眼淚都結凍而沒有落下。

「你還好嗎？」

「嗯。」

「你跟她有約嗎？」

「有約……是啊，有事先約定的話就好了。」

我和風香之間沒有任何約定。我甚至開始思考，如果我們有約的話，風香是不是會為了那個約定回來呢？

不，不管怎麼想，一切都已經結束了。絕無僅有，獨一無二。在卡夫卡現實中，一切都荒謬又不合理。

我邁出步伐。

如果那天我沒去見實玖學姊直接來醫院的話，或許風香就不會那麼激動，心臟也不會因此出現異常。

我狂奔。

是我殺的。我就像《審判》的主角一樣，現在才知道自己的罪名。那是編入我生存方式裡的罪惡。如果實玖學姊不喜歡我，如果我是更拙一點的男生，如果我多用糖果點心囤積肥嘟嘟的脂肪——

畫面跳躍。

各式各樣的「如果」襲來，腦海中的思緒跳躍、快轉、倒退，彷彿大雨傾盆落下的後悔讓我的思緒倒退。

儘管如此，世界仍然沒有任何改變。我失去了風香。

不，是她放開了這個世界嗎？

結論是一樣的。

我不知道接下來走投無路的時間該如何運用，我不需要這麼多時間。雖然我沒有想死，卻也活不下去。

我不想要更多的生命了。

風香已經不在這世上，只存在於我的心——

「我還在想你是不是來了，還好我的預感料中。」

我回過頭，身穿黑色西裝的月矢站在後方。

「我剛從喪禮回來。」

「……已經火化了嗎？」

「嗯，已經火化了。」

月矢表情痛苦地回答。

我卸下全身力氣。

風香已經不在這個世界上。短短幾個小時內，連那副軀殼都化為灰燼。

「少年，這是風香給你的最後一句話：『你不是卡夫卡，你就是你。』」

人聲、周遭的聲音，一切都從我體內脫落。如果我是容器，一定滿布裂痕，馬上就要破碎了吧。

我該怎麼看待這句話呢？

風香的意思是我無法成為卡夫卡嗎？

也就是說，她永遠不會回頭看我嗎？

上天連讓我認為她喜歡我的自由都要剝奪嗎？

連最後的羈絆都要奪走——

月矢「砰」的一聲拍拍我的肩膀說：

「喂，別誤會。這是『她在醫院的最後一句話』，後面的話你直接去問本人。」

我懷疑自己的耳朵。

「你剛剛……說什麼？」

「我說，要你去問她後面的話。」

直接問她？

什麼意思？是要我抬頭仰望月亮嗎？

「不要隨便殺掉我妹。」

聽覺將月矢聲音以外的所有噪音都阻絕了。接著，噪音開始逆襲，宛如洪水般逼近。我說不出話。

「嗯……她……沒死嗎？」

我好不容易擠出來的，是這麼愚蠢的一句話。

「你剛剛說喪禮……」

「我的確去參加喪禮，是一位很照顧我的退休警官，我今天是從他的喪禮回來。風香昨晚出院，現在在家裡。」

「……啊哈，哈哈哈哈。」

「雖然還不能大意，但目前病情算是穩定……你有在聽我說話嗎！」

「不好意思！」

我已經在走廊上狂奔。

原來風香活著。那種可喜可賀的心情，是春天來了、天空降下初雪，或是抽籤抽到大吉、紅包收到五萬圓都遠遠比不上的程度。

這一瞬間對我而言，比世界和平的價值多好幾千倍。就算這會變成全人類的不幸仍是件美好的事。至少，對我而言——

很美好。

風香活著，我還能以「風香中毒」患者的身分活下去。

此時，電話響起，是沒看過的號碼。我毫不猶豫地接聽。

『我現在想馬上見你。』

那道聲音的主人，是我直到上一刻為止還以為她已從世上消失的人。那道聲音還存在於這個世界上對我說話，甚至對我說「想見你」。面對這個事實，我感動得想貢獻全身的器官。

「我也是。」

『不過不行。因為一見到你，我就會激動，心跳加速。這對慢性呼吸衰竭這種病而言非常致命。明白嗎？』

「我明白。回答我一件事，妳喜歡我嗎？」

『作家實習生，我很難回答這個問題。』

「不回答就是ＹＥＳ囉？」

不過風香不理會我繼續說：

『你的稿子還是一樣一堆錯字呢……而且完全不是卡夫卡。卡夫卡會更重視幻想和現實間的中立性，但你寫的東西還只是脫離現實一丁點的程度。』

「這樣啊，真可惜。我大致上是寫完了，只好修改嗎？」

『你在想什麼啊！給我看！噫！這種文章其他人是寫不出來的，即使是卡夫卡也一樣，非常有你的風格，俐落又帥氣……』

風香說到一半，嚇一跳似把話吞回去。

是因為她發現描述我文筆的魅力，會直接連結到描述我的魅力嗎？這種解釋會太過自戀嗎？

『總而言之，你再寫出東西的話要讓我看，我要最早第一個看到。話說回來，你知道「成為卡夫卡」是什麼意思了嗎？』

「大概。」我回答。「妳雖然要我成為卡夫卡，卻讓月矢先生向我傳達我無法成為卡夫卡，這就是一切。這世上也沒有作家像卡夫卡一樣，將絕對的比重放在自己的存在上吧？卡夫卡有一部分是為了以自己的標準掌握世界才寫小說的，所以，他才會做了好幾次連文學研究者也不懂的修改。卡夫卡是為了自己而寫小說，那就是他的文學使命。」

『所以？』

「所以——所謂的『成為卡夫卡』，指的是不倚靠任何人的標準，而是以自己的標準掌握自己思考的事情，並將它描述出來。」

『你又變得更聰明了呢，作家實習生。』

風香用這樣的稱讚代替承認我說對了。

「我希望有個吻當作獎勵。」

『不要臉。連發現自己曾經瀕臨死亡的自覺都沒有。』

「嗯？什麼意思？」

『沒什麼。』

這是什麼意思？是指她的病嗎？不對，這樣很奇怪。從「自覺」這個說法來看，應該想成是我自己曾經瀕臨死亡才對。這麼說來，前幾天風香在醫院時也說過：

——是因為面臨死亡。

那指的——也是我嗎？為什麼我得面臨死亡呢？

『真的沒什麼。』

風香又說一遍，所以我也決定不再多想。反正無論如何，那都已經結束了。

『啊，還有——我把你的原稿影本寄給出版社了。如果有好消息就好了呢。』

「把稿子給出版社？為什麼？」

『當然是因為我覺得有給出版社的價值啊。』

我不知道該怎麼看待這件事。因為我不是為了當作家才努力寫小說的。

「謝謝……妳的身體狀況已經穩定下來了嗎？」

『嗯。從死亡谷底回到死亡斷崖旁了，已經沒事。』

這種說法完全無法讓人放心。儘管如此，我還是很高興。就算風香依舊處於不知何時會死亡的狀態，我仍然感謝此刻能這樣在這裡聽到她聲音的奇蹟。美好的荒謬，就叫奇蹟。

「風香，我可以繼續喜歡妳嗎？」

『不要臉耶。我准許，永遠准許。不過，暑假期間我不會再打電話給你。』

「為什麼？」

『這種事不要讓我說，不要臉。』

風香高高在上地說完後掛掉電話，就像是擔心再繼續說下去會被我發現什麼一樣。

我慢慢步出醫院。

盛夏的熾烈陽光朝我襲來。

太陽似乎還沒下山。太陽日漸順利地從漫長的黑夜取走時間。夏蟬則模仿著太陽燃燒的聲音。

世界不將剎那間的虛無放在眼裡。

不過我知道，這不是什麼剎那間的虛無。即使現在名為奇蹟的美好荒謬包覆了一切，虛無仍未消失到任何地方。

儘管如此，我能做的只有一件事——在寫小說中再次等待風香來學校的日子。

回家後再看一次文章吧，冷靜地重看。坐在椅子上，以身體一動也不動的冷靜重新再看一次。

終曲的終曲

稍微講一下在那之後的事情吧。有壞消息，也有好消息。

首先講壞消息。

父母不再和我說話，開始用彷彿看待毛毛蟲的眼神看我。或許，我終於走入卡夫卡的迷宮裡。不過，這或許不算一樁壞事。因為，父親靜靜從書房裡拿了一本莫里亞克的書出現在我面前，臉上雖然一如往常掛著看毛毛蟲的表情，卻將書塞給我說：「你一定要寫的話，就以這種作家為目標。」雖然他還需要時間才能打從心底接受這件事，但也願意慢慢靠近我的夢想了。人家說，撐久了就是贏家。

真正的壞消息是，暑假期間，我就算打電話給風香，她也不接電話。儘管如此，我也不想直接去她家。這算犯規。她說過暫時不要講電話，見面應該更不行吧？

——像風香這種慢性呼吸衰竭症的患者，即使是普通地談戀愛，也會讓她暴露在危險中。

就如月矢所說，事情就是這麼一回事吧。此外，還有風香說過的話：

——因為一見到你，我就會激動，心跳加速。

接下來的推測即使被說自我意識成分過高也沒辦法，不過，我和風香之間的日子出現了純粹的綠燈前進信號。如果風香喜歡我，我應該可以暫時忍耐聽不見她的聲音。雖然是壞消息，但也是沒辦法的事。

接下來是好消息。

我接到出版社的來電，一位姓寶田的女編輯看完了風香寄過去的《陷城》，對那篇寫到一半的小說很有興趣。她像新聞主播一樣淡淡地說：

『很遺憾，你的稿子還不能算是一篇成形的小說，但文筆很不像日本人。國內目前沒有作家用這種方式寫作，你的文章有點像是品欽、保羅·奧斯特，或是介於兩者之間，總而言之我是第一次看到。希望你將來能夠大獲成功，請繼續努力創作。然後，不管是這篇作品的後續或是其他內容，總之，請將你下次寫好的作品讓我看看。只要你把作品寄到編輯部寫「寶田收」，我一定會好好拜讀。』

雖然這些話並沒有改變什麼現狀，但只要又靠近卡夫卡一步，就一定是件好事。

我想趕快告訴風香，因為我會寫小說，至今都還只是為了風香。

我每天在心裡念著「風香、風香」，在房間的時候，則是真的說出聲來。

下次打電話時要說什麼呢？首先把《陷城》的成品寄過去吧。不，比起這件事，我更想和風香說話。慢慢地、充分地，像在乾涸的大地上灑水，一點一滴滋潤一樣。

這世界總是充滿卡夫卡式的荒謬，因此，我才想盡可能將自己的話語傳達給風香，盡可能聽她的聲音。

當蟬鳴漸漸轉少，八月下旬的一個午後，我的願望被聽見了。

『你到底想打多少通電話啊？不要臉。』

突如其來的電話中，對方開口第一句話就是罵人。儘管如此，風香久違的聲音傳進耳裡，就像柑橘類的碳酸飲料般，一瞬間「唰——」地滿足我的心。

「直到能見到妳為止。」我一點也不內疚地回答。

『那就沒必要再打來了，過不久就要開學。』

「祕密社團要復活嗎？妳真的能來嗎？」

『那是我上學後的樂趣。』

「妳一定要來喔，因為妳想見我想得不得了。」

『呵呵，不要臉，作家實習生真是個幸福的人呢。』

「看來好像是喔。」

『你就每天祈禱吧，向你的神明祈禱。』

「那我就向卡夫卡大神禱告。」

電話至此結束，若將這段交談稱為談話實在過於短暫，但它又比俳句和短歌還長。不過我確實相信，我們在言語外締結了無形的約定。

風香一定會來學校，為了見我而來。

對吧，卡夫卡大神？

之後，我一面重讀應該要先給風香看的《陷城》，一面修正內容。修改文章中奇怪的地方、改變說詞、刪減多餘的比喻，同時思索向風香表白的字句。對我而言，思考小說和思考讓她喜歡我的方法是一樣的。

畢竟，風香可是個卡夫卡到極點的卡夫卡女孩。

我坐在開始發熱、為夏天的熱氣發出「滋滋滋」悲鳴的電腦前，作家實習生今天也要編織文章。

為了成為讓卡夫卡女孩更加深愛的男孩。

（完）

後記

「講關於卡夫卡的事就可以了吧？讓我來講的話會很長喔。」

身穿黑色西裝的年輕美術教授如此宣告時，大概就是談話真的會很長的時候。

「徒弟不在身邊卻願意露幾手，服務真好呢。」

「跟她沒關係吧？有需要的話，我隨時都能談。」

男子雖然想冷靜回應，臉頰卻微微漲紅。他將身體靠在這間書房最深處的沙發椅背上瞪著我。

「不過在那之前，我想先聽聽你的卡夫卡經驗。」

男子似乎想反擊般地說。

「我的？不需要啦。」

「你在說什麼？這是你小說的後記，應該由你先說。」

「唔。」

我無奈地假裝在思考，其實什麼都沒想。

我遇見法蘭茲・卡夫卡是在高中一年級的冬天。一開始看的是《變形記》。當時我很喜歡在睡袋裡塞毯子，讓身體處於幾乎無法動彈的狀態下睡覺，因此剛好是在像毛毛蟲的狀態中讀到葛雷戈・桑姆薩的悲劇。

我記得在那之前自己看了赫曼赫塞的《車輪下》，接著是卡夫卡的《變形記》，之後是愛倫坡的《黑貓》。雖然對文學開竅得晚，但一個想先從世界文學全集開始涉獵的高中生，一回神便以卡夫卡這個黑洞為契機，將興趣轉向愛倫坡，再移向江戶川亂步，軌道迅速偏向了推理小說。

「原來如此，如果你沒有遇見卡夫卡，或許就不會以寫推理小說為志向。」

「至少應該不是現在這種風格。如果遇見愛倫坡的時期不對，最後我可能也不會寫下『黑貓系列』。也就是說，你是拜卡夫卡之賜才得以存在。」

沒錯，這名年輕的美術教授叫做黑貓。

「『卡夫卡大神，謝謝你。』我應該這樣說嗎？」

「你要說：『謝謝你讓我遇見我的徒弟。』」

「……白痴喔。」

我看了一眼臉紅的黑貓，思緒再次回到與卡夫卡相遇的高中時代。

雖說如果沒遇見卡夫卡便會如何如何，但其實我當時並沒有特別喜歡卡夫卡，只是對一名過去不太看書的高中生而言，卡夫卡的小說的確打碎了我隱約覺得「文學」高不可攀的印象。我還記得當年看完時，皺著眉頭心想：「這是什麼啊？」也就是說，當時，卡夫卡散發的荒謬香氣大概刺激了我的大腦，打開了一直關閉的回路吧。

簡而言之，那種感覺是不是類似影子的氣息呢？逃不出的迷宮，解不開的謎題。乍看之下，我是照著愛倫坡、江戶川亂步的順序走向推理之路，但回顧那之後的閱讀經歷，我發現自己喜歡的小說並非一定要有謎題和解答。現在想起來，我大學時會迷上保羅．奧斯特和安倍公房，也是因為卡夫卡先設定好的回路。

「說到保羅．奧斯特，他寫的小說是借用偵探小說的設計吧？不過，不一定都有謎題和解答。這麼說來，你經常稱『黑貓系列』為偵探小說而非推理小說，為什麼呢？」

事到如今黑貓才這麼問我。他同時從書架取出卡夫卡的短篇集開始閱讀。

「是啊，偵探小說但不是推理小說，大概像英文的 mystery 吧。」

「意思是不推理嗎？」

「舉例來說，『黑貓系列』剖析了愛倫坡的小說內容，最後順便解決了現實中的謎題。不是針對謎題，而是不停解析謎題背後的文章，在這過程中解開謎題，是『不推理案件的 mystery』。」

「這樣聽來，感覺我們的系列也處於巨大的卡夫卡黑洞裡呢。」黑貓笑著說。

或許就如黑貓所說。當我目標成為推理小說家一段時間後，有個人對我說：「你小說裡的登場人物對謎題都沒興趣耶。」其實，我現在還是對解開真相不太有興趣，反而喜歡故事在進入迷宮的狀態下收尾。這一切的一切，全都是因為卡夫卡的關係。如果我在卡夫卡之前遇見艾勒里．昆恩，應該會更乾脆地以推理小說家的身分出道。我寫的作品無論如何都纏繞著某種影子的氣息。

因此，我決定將時間退回高中時代。如果我當時不是以推理小說為目標，而是以寫出像卡夫卡那樣的小說為目標的話，會怎麼樣呢？此外，如果必須面對那種苦行，理由又是什麼？

這便是構想出這本書的契機。當初我以「決定成為卡夫卡」這個暫定標題跟中野編輯討論時，他也覺得很有趣，我才決定正式整理出故事大綱。

「我看了《愛上卡夫卡女孩》囉。」黑貓闔上書說道。

仔細一看，不知何時起，黑貓手上拿的不是卡夫卡的短篇集，而是日本富士見L文庫的《愛上卡夫卡女孩》。真神奇，我們明明是在《愛上卡夫卡女孩》的後記裡，黑貓卻已經拿著《愛上卡夫卡女孩》。就是這個，卡夫卡迷宮。

黑貓不把我這般動搖放在心上，繼續說道：

「以卡夫卡為目標的彆扭少年，在追求熱愛卡夫卡的少女而活躍的過程中，真的喜歡上對方的這個設定，可以說是某種灑了大量糖粉的卡夫卡迷宮呢。一開始有些地方讓人難以忍受的主角，漸漸談起專情的戀愛，並一步步接近成為卡夫卡的夢想，是純愛小說同時是成長小說。」

「感謝你的誇獎。」

「所以，這部作品有主題嗎？」

「主題啊，我沒想過……」

我想到構思故事時，隱隱約約在思考的事。雖說那是幾個月前的事，感覺卻已經很遙遠。

我腦海中邊構思大綱邊想的是「好神奇啊」。以創作荒謬小說的卡夫卡為題材寫的推理小說，不就是個龐大的矛盾或是類似禪修問答的東西嗎？

所以，我也試著給予兩位主角矛盾的另一面。主角深海楓是目標成為荒謬小說家的合理主義者，而他愛上的架能風香，雖然擁有分析卡夫卡小說的眼光，卻無法為現實中的謎題找出解答。這個設定也包含了正因為兩人的個性相反，才會墜入愛河的含意。

身為作者，我個人的主題是一邊透過深海楓的煩惱面對卡夫卡，一邊思考寫作這

件事的意義。但這是我個人寫作的主題，無法給讀者。

「主題嘛，就讓各位讀者思考吧。對了，有個地方必須說清楚。」

「嗯？什麼？」

「你想裝蒜嗎？這部作品中，你和徒弟登場過兩次。」

「……你、你不說沒人會知道吧？」

看來，這是個不利於黑貓的真實。不過，反正敏銳的人應該早就已經發現了。

「希望各位讀者務必去找找看是在哪一頁。或許這件事意外地比這部作品的主題還重要。」

「等、等等。照往例，你該不會是要把這個當作可以拿到特典的謎題吧？而且順勢讓我在特典中登場……」

「喔！這個想法不錯。」

住、手——室內響起這道話聲。不過，那當然只是出現在這個後記空間中的事。

我微微一笑，剛才要是用極為卡夫卡的措辭這樣回他就好了：

「黑貓，已經無法挽回了喔。」

【參考文獻】

《夢、格言、詩》（夢・アフォリズム・詩）法蘭茲・卡夫卡／吉田仙太郎譯／平凡社圖書館

《卡夫卡寓言集》（カフカ寓話集）法蘭茲・卡夫卡／池內紀譯／岩波文庫

《卡夫卡短篇集》（カフカ短編集）法蘭茲・卡夫卡／池內紀譯／岩波文庫

《變形記、飢餓藝術家》（変身・断食芸人）法蘭茲・卡夫卡／山下肇、山下萬里譯／岩波文庫

《審判》（審判）法蘭茲・卡夫卡／辻瑆譯／岩波文庫

《城堡》（城）法蘭茲・卡夫卡／前田敬作譯／新潮文庫

《解讀卡夫卡》（カフカ解読）坂內正／新潮選書

《卡夫卡的生涯》（カフカの生涯）池內紀／白水 U-Books

《卡夫卡事典》（カフカ事典）池內紀、若林惠／三省堂

《拷問與刑罰的歴史》（拷問と刑罰の歴史）Karen Farringdon／飯泉惠美子譯／河出書房新社

國家圖書館出版品預行編目資料

愛上卡夫卡女孩 / 森晶麿作 ; 洪于琇譯 .
-- 初版 . -- 臺北市 : 臺灣角川 , 2018.02
面 ;　公分 . --（角川輕 . 文學）
譯自 : 僕が恋したカフカな彼女
ISBN 978-957-564-023-1(平裝)

861.57　　106022328

Light Literature

愛上卡夫卡女孩

原著名＊僕が恋したカフカな彼女

作　　者＊森晶麿
插　　畫＊カズアキ
譯　　者＊洪于琇

2018年2月7日 初版第1刷發行

發 行 人＊成田聖
總　　監＊黃珮君
總 編 輯＊呂慧君
副 主 編＊溫佩蓉
美術設計＊李思穎
印　　務＊李明修（主任）、黎宇凡、潘尚琪

台灣角川

發 行 所＊台灣角川股份有限公司
地　　址＊105台北市光復北路11巷44號5樓
電　　話＊（02）2747-2433
傳　　真＊（02）2747-2558
網　　址＊http://www.kadokawa.com.tw
劃撥帳戶＊台灣角川股份有限公司
劃撥帳號＊19487412
法律顧問＊寰瀛法律事務所
製　　版＊尚騰印刷事業有限公司
I S B N＊978-957-564-023-1

香港代理＊香港角川有限公司
地　　址＊香港新界葵涌興芳路223號新都會廣場第2座17樓1701-02A室
電　　話＊（852）3653-2888